U0928614

千山之外

安意如 著

浙江出版联合集团
浙江文艺出版社

千山万水，
嬉戏游乐，
心如赤子，
不疑不惧。

目录

序

千山之外

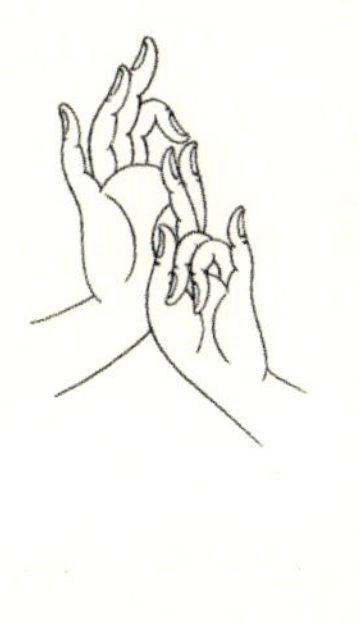

我终于决定提笔再写西藏。

离我写完《日月》，又过了五年。

是什么时候开始，觉得时间流转如此之快。真真是光阴似箭，一去无回。“弹指刹那”这个词，真的要等到年岁渐长，有岁月可回首的时候才可以体会到。

这么说，丝毫没有伤感惆怅的意思。

我反倒觉得从 22 岁到 32 岁这十年，是我真正开心，青春焕发的日子。这十年，也是我写作之路缓缓开启，慢慢沉着，深有所得的十年。

总有人好奇作家的身份，仿佛这是一种与众不同、变化多端的职业，就好像许多人觉得开一间咖啡馆、民宿、书店是一件很浪漫的事一样，只要拾掇得漂亮，打开门就会客似云来，其实压根不是这么回事。

四

当最初的冲动结束之后，写作的激情往往要靠真正的兴趣来维持。这是个漫长的、持续的、与自己角力的过程。整个过程中，适度和自得其乐是很重要的事情。

写作仿佛是导演、编剧、演员三者合为一体的工作，一开始是自己写，演给自己看，然后是写，演给别人看，到最后，依然是回归到给自己看——这和修行的次第是相似的，最终的目的也是相似的，都是哄着自己往更好的目标前进。

当年看胡兰成说“文字修行”，深以为然。可惜的是，他口是心非，不能也不曾，把文字当成修行。只是沾沾自喜，换了一种风流把戏自娱而已，骨子里，还是个无品无行的小文人。若说真正的文字修行，太史公著《史记》算一个，曹雪芹写《红楼梦》算一个。其他人或许够得上，但并不那么纯粹。

写作十年，现在的我，也只敢说，写作是很慎重的事，修行也是很慎重的事。找到“写作—修行”作为自己的生活方式，是我生命产生变化的开端。

少年的我，蛰伏于江南，如孙行者被压在五行山下动弹不得。除却你我共有的青春记忆、做不完的习题、考不完的试、上课的感觉像上坟之外，我最受不住的，是江南淫雨绵绵的天气。我个人觉得，跟江南黄梅天动辄连月的阴霾比，北京被人唾弃的雾霾简直不算事。

我不钟意现实的江南。即使是现在，亦只在一年之中最好的季节去住几天，权当观光，一下雨我就烦得要死，恨不得拔腿就逃。

要不是多年的诗词浸染给我留下情意结，我这辈子对江南的印象简直因为天气和个人身体的原因而糟透了！湿气和冻疮反复折磨我，像两个不死不休的宿世仇敌。我知道死不了，奈何比死还难受。

每年的春天和冬天都冷得要死，冷到万念俱灰。夏天闷热蚊子多，我又是招蚊体质，到哪里都是一身包回来，痒得肝肠寸断。秋天好过一点，但祖国万里山河，秋天哪里不美不好过？

我后来才想明白，天气极度影响心情，连带我的青春期都显得晦暗潮湿……青苔好像从脚底长到了舌苔上。所以当青春电影大热，大家都在回忆青春的时候，我一脸茫然，乖乖闭嘴。我怕我一开口，就让人扫兴。

实话说，我家境不算差，家庭教育亦算开明，于情于理我都不该生出怨气。可我偏偏觉得，青春乏味又无力，就像你拼尽全力走，却看不到未来，也看不到终点。

每一天都是重复，再重复。读好中学，保持好成绩，然后呢，读更好的高中、大学，再然后呢？找一个好人家，结婚生子。所有的标准都是好，但这个好，亦只是世俗标准认可的好。

养儿育女，余生为儿女操心……如我身边的长辈一般生活，这样的人生一眼可以望穿——如此漫长望不到头又不可省略的一生真叫人万念俱灰。如果这就是我生活的信仰和目标，我不觉得来日我会心甘情愿，含笑九泉。

是没有什么不好，可惜这种好，谢谢，抱歉，我不想要。我不想我的人生成为庸俗的祭品之一。

今年回到安徽过年，短短数日，感觉还是可以的，待久了就不行。我此生之于江南，注定只是过客，不是归人。

生平最怕和江南人唠嗑。两顿天聊下来，顿觉血槽已空，后继无力。那些人情世故、家长里短，真不是我能够驾驭和欣赏的话题，但他们兴高采烈，你又不能粗暴打断，只能唯唯诺诺附和。

我真正抗拒和厌烦的是这些：眼看着那些世俗的温情和烦恼，如丝如藤地缚住大多数人的手脚和心性，而他们毫无所觉。真是莫名地悲从中来。

“三界无宁，犹如火宅。众苦充满，甚可怖畏。常有生老病死之忧患，如是等火，炽热不息。”——世尊释迦牟尼说，你不睁开眼睛，你根本不会意识到三界如火宅、尘世如牢笼，但大多数人前赴后继，乐此不疲。你能怎么办？一开口就被打为异类。

那时的我，偶尔会想，在江南绵延的丘陵之外，是否还有更高远的地方？但那时的我，除了读书，还能做什么呢？连离家出走都没有实力。

心里那点小小的质疑，如蚍蜉撼树，根本撼动不了我的生活。尽管后来我意识到，那是最浅的出离心在萌芽，在生起。

骨子里，我压根不留恋青春期，亦无法认同同龄人的种种天真、盲目、热情、冲动。彼时种种的不甘和期待，回想起来都充满了坐井观天的尴尬无力感。青春期给我留下最深的恐惧是无明。那一个个坐井观天、作茧自缚的烦恼，那一场场以热血为名、以我执为实的陷阱，即使是旁观，也足以让人觉得百无聊赖。

我不是叛逆的人，然而心中委实有太多困惑，不是当时的我能够解答。问别人，似乎也只能得到似是而非的答案。我隐隐抗拒，不愿被拖入他们惯常的思维中去。

要到了 21 岁只身远行、离开家乡之后，我才得以验证书里的知识，心中的认知和外面的世界的同与不同。

要到我抵达西藏，我方知道千山之外更有千山，阴霾之后阳光普照，俗世深处深藏喜乐。因为懂得无常，深信因果，这里的人连老去，都老得细水长流，无声无息，不会一惊一乍，絮絮叨叨。

是西藏令我深信佛法，是佛法开启了我的心智，虽然做不到见山是山，见水是水，但可做到见山爱山，见水乐水。

循着心里的一点微光，我慢慢走出来，看到更广大深远的天地。

如果没有修习佛法，我应该不会有持续写作的激情和动力。人多少会受困于自己的识见以及经验，到了一定程度就难以为继，无力突破。这时候，需要有更深广的力量去洗涤洞彻。

文字再华艳，亦只如飞花触水，我们的人生到底还是需要一些水落石出的时刻，去见证一些实相。

这需要智慧承托。

从诗词赏析写到西藏，并无背离，亦无跑题，二者都是我始终感兴趣的主题。会穿插着写，呈现内心不同维度的感受。

这些年来，在边地的旅行，让我看到城市之外古老自然的风貌，更深切地体会到古人之心、故人之情。

一路走来，并不颠沛，亦无流离。庆幸在红尘中游戏玩耍，遇到了很多的爱和欢喜，却没有丢失最初的出离心。

这十年，是我真正青春肆意、自由自在的十年。我心里清楚，我是什么，我要什么，我要做什么。有自由的思想、独立的人格，即使它们仍在完善，却是自在的，这才是真正的自由。

如此纵情而不任性，才是我期待已久的青春。

现在是最好的时光，我们还年轻，还未老去，可以爱，可以犯错，可以后悔，也可以重来。

心底有激情，但不鲁莽。心内有信仰，身外肯担当。

蜗居一地心无委屈，跋山涉水兴致盎然。有人做伴不怕，无人同行亦不惊。

千山万水，嬉戏游乐，心如赤子，不疑不惧。

不管别人怎么认为，我始终觉得，生养之地固然是家乡，心灵的皈依之地更应该是故乡。那朝朝暮暮的安然喜乐，心心念念的柔软牵挂，是不会错的。

像远行的牧人，穿行过繁华都市，回到熟悉的地方。

看到雪飘落肩头，泪就盈满眼眶。

千山之外，是我的故乡——西藏。

二

壹

信徒

如果是夏天回到拉萨，我喜欢到布达拉宫后面的宗角禄康去泛舟，或是去罗布林卡躺在草地上看书打滚（打盹）。这两项娱乐都要拎上一大壶甜茶，不然称不得完美的消磨时光。

到拉萨的人，如果是第一次进入罗布林卡，恐怕会小小震动一下。这园林似的宫殿，曲水游廊，树木葱茏，花草繁盛。宫殿佛堂掩映其间，藏式建筑的风情和颇得汉地园林意趣的景观结合在一起，给人耳目一新的感觉。

或许应该把布达拉宫和罗布林卡结合在一起详细说说。布达拉宫初始，只是藏王用以禅修的一间小石室，后来虽有扩建，但规模不大，直到十七世纪五世达赖时期才得以大规模扩建。

五世达赖圆寂之前，布达拉宫尚未兴建完成，为了不影响工程的进度（以及为当时西藏的政局考虑），五世达赖授意他最信任的大臣——第巴桑结嘉措秘不发丧，基于当时局势复杂，桑结嘉措亦有自己的考虑，故而对外只称五世达赖要长期闭关，不见外人，私下里命人寻访灵童。

这一段秘密因缘导致六世达赖仓央嘉措被迎回布达拉宫时已近成年，而非幼童。亦因如此，才生出日后许多是非曲折。

仓央嘉措的事，另文再叙。这里只说布达拉宫兴建完成之后，成为西藏政教合一的象征之地，历代达赖喇嘛冬天都居于此处，故又称“冬宫”。与之相应的夏季消暑居住地，就是罗布林卡，亦称“夏宫”，由七世达赖格桑嘉措兴建。

与罗布林卡的内敛不同，布达拉宫相当张扬，它直接覆盖了一座山。与其说它是一座宏伟的宫殿，不如说它是一座城。

有人说，即使终生居住于此的人，也未必能了解它全部的秘密。

布宫最中心的建筑是最高处的几座佛殿，有三十多座精雕彩绘的佛堂，周围环绕着用以禅修的静室，以及七座前代达赖喇嘛的灵塔。

根据西藏的习俗，只有高僧大德才可以塔葬（天葬、水葬、树葬等其他丧葬形式，我在以后的文章里会提到）。

灵塔的大小高度依据他们生前的功德和对后世的影响而定，最高最大的是五世达赖的灵塔。所有灵塔俱用纯金制成，宝石镶嵌。信仰虔诚的藏族人乐于布施，将俗世珍宝都供奉给佛陀和佛陀的化身。

就我这些年前往布宫所见和阅读相关文献资料所知，布达拉宫堪称一座巨大的宝库，内藏许多价值连城的经卷，西藏历史和宗教的资料，历代藏王流传下来的古物和继藏王之后掌权的达赖喇嘛们留下的珍宝。

布宫的地下储藏室里，原先有着数量众多的酥油、茶叶、布匹、盔甲、兵器等物资。在山脚下，名叫“雪堆白”的村落里，则居住着许多制作佛像、藏香的高级匠人和低级的官吏。

无须讳言的是，这宫殿也有它的森严之处，同样有用于军事眺望的塔楼和关押高级囚犯的牢狱——感觉与伦敦塔很是相近。

与布宫相比，罗布林卡给人的感觉更轻松轻盈，更像一个家，自从建成之后，历代达赖喇嘛都很喜欢这里。

罗布林卡的藏语意为“珍宝花园”。早年间，罗布林卡外河边的草地是拉萨人钟爱的夏季野餐的聚会胜地。时至今日，藏族人一说起“过林卡”，都是很欢欣愉悦的感觉。

每到夏季的时候，藏地有游林园的习俗，康藏各地，概莫能外，连喇嘛亦未免俗。富有的人会在私有的庄园内撑起帐篷，邀请亲朋好友来郊外饮酒谈天，共享园林之乐，时间会持续一天或数天。普通人携妻带子，带足食物，前往郊外的公共园林，往草地上席地一坐，饮酒作乐，放声高歌。因高原冬季长、夏季短，所以每当柳垂新绿、碧草如茵的时节，藏人会抓紧时间尽情享受郊外生活。

无数次参与林卡的经历让我发自内心地觉得，藏族人的天性真是乐观、洒脱、知足。如果不是极为重大、难以解决的痛苦，很难让他们感到彻底的绝望。

世俗物质的享乐他们当然需要，却不是那么重要。物质享受只是生活的调剂，而非生活的重心。拥有当然欢欣，没有亦不难过。

如果你去问一个纯粹的藏族人，问他是否会为了世俗的名闻利养去奋斗一生，他一定会觉得这个问题匪夷所思。

答案当然是否定的。

藏族人深信佛教。从佛教的观点来看，世事无常，人身难得。用珍贵的人身去追求短暂的财富和权位，沉迷于这种幻觉带来的快乐，是最不明智、得不偿失的事。从世俗的意义上来讲，追求财富、合理享受没有任何问题，问题在于人很难控制欲望，容易因互相攀比而平添执着，自寻烦恼。

如果不知物质之上有更高远的追求，如果不明佛陀的教法，那我们的人生真是劳碌、空虚、乏味。

我常常躺在罗布林卡的草地上看书。在温暖绵密的阳光中，想到的，是七世达赖喇嘛格桑嘉措。他的前世（仓央嘉措）太出名，导致知道他的人不多，但其实作为历代达赖喇嘛中承前启后的一个人，格桑嘉措的作用和贡献不容小觑。

根据六世达赖仓央嘉措遁世前留下的诗句“此去莫恨天涯远，咫尺理塘去又还”（汉语译文字句可能有所不同，但大概意思就是如此）的指引，负责寻访灵童的三大寺僧团在四川的理塘找到了转世灵童，他就是格桑嘉措。

比起仓央嘉措，格桑嘉措被认证为达赖喇嘛的过程同样一波三折。

西藏原本的摄政大臣第巴桑结嘉措与蒙古的拉藏汗争权失败被杀之后，仓央嘉措被牵连废黜，手握兵权的拉藏汗另立一位幼童益西嘉措为达赖喇嘛（据说这个孩子是拉藏汗的三儿子）。

西藏各阶层的僧俗，尤其是三大寺的上层喇嘛都对此决定深感不满，他们坚持寻访真正的转世灵童，这才在理塘找到了格桑嘉措。

骄悍的拉藏汗也意识到格桑嘉措的重要性，先后两次派人到理塘察看，引起了青海和硕特部首领们的警惕。为避免拉藏汗在格桑嘉措身上打主意，他们将格桑嘉措转移到康北的德格。随后，又根据康熙皇帝的命令将格桑嘉措送至青海塔尔寺居住。

直到清朝大军平定准噶尔后，格桑嘉措才被认定为继任的达赖喇嘛。清廷认为格桑嘉措是接替而不是继承已被废黜的六世达赖的法位，所以在官方文件里称他为六世达赖。直至乾隆年间，乾隆册封强白嘉措为八世达赖，这才等于顺应了西藏的民意，默认格桑嘉措为七世达赖，仓央嘉措仍为六世达赖。

即使在格桑嘉措坐床被册封为达赖喇嘛之后，西藏的地方局势仍不太平，数次发生叛乱。他夹在其中如履薄冰。

生性谦抑的七世达赖喇嘛格桑嘉措并不恋栈权力，他亲政后，把主要精力放在宗教事务方面，将行政事务交由清朝驻藏大臣掌管。他的态度，对稳定西藏当时的局势和日后佛法在西藏的传承意义非同小可。

从布达拉宫走到罗布林卡，不过区区两三公里，从仓央嘉措到格桑嘉措却经历了两世悲欢。细数来，格桑嘉措一生经历了不逊于仓央嘉措的波折起伏。

纵然贵为达赖喇嘛，亦难免悲欢离合、风霜劳苦。或许我们应该庆幸，无常，对所有人而言都是公平的。人世如流水浮舟，爱恨、悲喜、生死都在这样的载浮载沉里次第上演。

有人在菩提树下静坐证悟，有人在红尘深处闪转腾挪，勘破这其间的差别，明白了殊途同归的奥秘，就看到了三千世界，步步如来。

一旦顿悟，菩提的种子便无处不在。

这佛光闪闪的高原，需要仓央嘉措这样的情僧，用至情至性的诗文融化冰雪，让人们相信佛法并不冷硬；这诸佛护持的宝地，同样需要格桑嘉措这样有担当和远见的宗教领袖来维系法统。是无数个如他一样的人，确保了佛法在西藏传承不断，始终如阳光般照耀着这片圣土。

贰

你的样子

这个秋天，我回到拉萨。

进城来，还是熟悉的街景。现实的拉萨也没多大——至少比起它的声望，比起想象中雪域共尊的圣城，现实的拉萨要小得多。

我拉萨的妹妹噶玛古桑来接我。我们一路说笑，不多时，布达拉宫便遥遥在望。天清云朗，万丈阳光洒在山巅，它光华耀目，气度慑人。

我第一次到拉萨时，乍见布宫，心中忍不住惊诧。我以为它会深隐在城外，须得人耐心去辗转探访，才窥得真容。孰料它顶天立地矗立在城中央，叫每一个经过的人，都见得，拜得。这份坦荡，无愧雪域之主。

后来，每一次入城，经过布宫前的白塔（藏语音译为“却登”），我才有一种正式踏入家门的感觉。

后来的后来，我们日日从它身边经过，它在心中渐渐定了根。不仅是肉眼所见的模样，它成为我们心中共尊的坛城。

每一次抬眼，都能看到布宫。每一次阖眼，心中都会浮现布宫。

是的，它在那里。从吐蕃时代，松赞干布赞普兴建它开始，它就在那里。从诸佛降临，佛光普照雪域之时，它就已经显现在那里。从无量劫前，因缘初聚之时，它就注定出现在这里。

我学会尊称它为“颇章布达拉”，这是藏人的唤法，就像我们称大昭寺为“祖拉康”。

第一次是怀揣着文艺女青年的还愿之心，去看仓央嘉措生活过的地方。从那之后，我都没有再进过布宫。

那次没买票，是武警护送我上去的，过程相当威风凛凛。我站在入口处，一位和蔼的大叔忽然出现，指定两个年轻腼腆的小伙陪我上去，都是藏族人，是守卫布宫的消防武警。

我在藏地总是受到一些莫名的优待，好在我脸皮厚、心理素质好，很快就适应了。最早学会的一句藏语就是“谢谢”（音译“妥及其”）。好人好事太多，我一天到晚不停地“妥及其”。

二

布宫里没有六世达赖仓央嘉措的灵塔，只有一个房间供了一尊他的小像，不经指点容易错过。我仔仔细细地端看了，他含笑低眉，面目清秀沉静，看不出短暂一生的波折沧桑。

这样也好。就让他的容颜，永远留在旧日。留住少年的模样，眉目如雪，未染尘埃。

在传说中，他是那身在颇章布达拉，心念着红尘的少年。端坐在雪域之巅，他看世人如镜花水月，世人看他如水月镜花。梵音密咒止不住对红尘的牵念，森严戒律缚不住少年人的好奇心。静修止，动修观，灵机一动，情思已远。

对于困居布宫的仓央嘉措而言，仅仅是与卿相逢，已然难如登天。如果他是普通的藏族少年，凭着心性里的自由果敢，不管结果如何，他起码还有去遇见、去追求的权利；奈何他是活佛，还不是普通的活佛，他是六世达赖。

他命中注定要成为领袖，活成图腾。他可以尽享人间尊荣，却唯独不能有，身而为人的凡思俗念。

他却偏偏有俗世少年的爱与欲。要爱得风生水起、满城风雨。乃至于后来，无人不知他是拉萨街头的浪子宕桑汪波。

乍看起来，这份绮思私情的存在，是不容于法、不容于世的。可我知道，佛法的广大正在于此：佛陀从未教人无情、无趣，亦未教人绝情弃爱，他允许、鼓励人探索心性，求证心中的疑惑。

从宗教的角度，从佛法的相对层面（世俗谛）去解读，仓央嘉措固然称得上离经叛道。然而，从人性的角度，以佛法的究竟层面（胜义谛）看来，仓央嘉措的叛逆，并不是叛逆。他的所作所为不单不能算错，反而极具创意和勇气。

后来，在拉藏汗召集的针对仓央嘉措的公审上，拉萨三大寺的高僧顶住压力，对于仓央嘉措的行为给出的结论是“迷失菩提”。显然，高僧们对他的处境也是心知肚明，暗藏同情的。

是迷失，而非其他。他仍是活佛，仍是他们心中的雪域法主。

这少年从未脱去袈裟，从未背弃信仰，彼时的他只是在以激烈的方式反抗着人生的虚伪和不自由而已。局势太复杂，他事事不能遂愿，不能亲政，一展抱负。他又学不来默默隐忍、静待时机，就只能任性妄为，宣泄不满了。

对于一个徒有虚名、天真失意的少年而言，爱情是最合理的宣泄渠道，是他唯一也是最称手的反抗武器。

通透如他，不可能不知有爱皆苦、有漏皆苦，可他偏偏要从莲座上下来，去走那刀刃路，亲尝世间苦。

爱恋几次，情诗累牍，不是罪证，是他的心迹。雪上的行迹，不是寻芳踪，是他的证道路。

他走出布宫，跨出活佛的禁区，却走进了自己的心。

这是对的。

佛说：人怀爱欲，不见道者，譬如澄水，致手搅之，众人共临，无有睹其影者。人以爱欲交错，心中浊兴，故不见道。汝等沙门，当舍爱欲，爱欲垢尽，道可见矣。

一个人，如果连自己的心都看不见，或是看见了却不敢诚实面对，又谈何证悟？又要到哪里去证悟？

想起仓央嘉措，我常想起那首老歌《你的样子》：“聪明的孩子，提着心爱的灯笼。潇洒的你，将心事化尽尘缘中。孤独的孩子，你是造物的恩宠。”

仓央嘉措令人感到亲近，是因他比端坐法台、宝相庄严的活佛和佛像更生动，更似我们。他有凡夫的烦恼、情欲、冲动、不甘、无奈……

他又不似我们，超越凡夫。

他用自己的方式去求证、修持，每一步的经历都有所得。他所断的执，是对世俗名位的执；他所行的破，是对不可违的破。金刚乘里，最终需要破除的，最细微的执，是对成佛、对佛法的执着，若不能打破这最后最细微的执障，还是不能进入真如境界。

他用一生鉴证佛法，他用情诗道破无常，化作真言。

嗡啊吽梭哈（身语意合一）。

要以身践行，直至勘破这因缘的辗转、深长，方能了知诸行无常的奥义。

回首往事，不过是虚惊一场。

他离去时，似白鹤展翅，一去袅袅。我信他不舍众生，不舍有情，终究还会乘愿而回。

叁

仓央嘉措

一

如果，你叫我想，想仓央嘉措的样子——

是那个门巴族唱着情歌，不识愁滋味的少年，还是在大雪夜，脱去袈裟，戴上假发，换上世俗服饰，沿着小门密道偷偷走出布宫的达赖喇嘛；是放浪形骸，流连在拉萨街头酒坊，目光难掩忧郁的年轻贵公子，还是那个在青海湖边悄然入定，飘然遁去的落寞僧人。

我其实，不能确定。

每一个角色似乎都是他，又都不是他。就像红尘中，我们扮演的每一个角色，似乎都是我们，又似乎，都不是我们。

真真假假，亦幻亦真。

徘徊在香雾萦绕的经殿中，间或有绛红僧袍在眼前闪过，像窗外日影依依，这样的温柔沉静，让人心意幽微，总觉得有什么触手可及又遥不可及。

对着佛像磕头，我还是不能免俗地想起那首流传久远的诗。

那其实不是他的诗，却因他而知名，也道出了他的心意，故而，权当是他写的吧。

那一天
我闭目在经殿的香雾中，
蓦然听见你诵经中的真言；
那一月，
我摇动所有的经筒，
不为超度，
只为触摸你的指尖；
那一年，
磕长头匍匐在山路，
不为觐见，
只为贴着你的温暖；
那一世，
转山转水转佛塔，

不为修来世，

只为途中与你相见。

人们都觉得汉族的诗人多，唐诗宋词浩如烟海，成就高到令人叹为观止。其实，少数民族的诗歌同样出色，他们对文采同样重视，对诗人的尊重不逊于汉族。

行走在西藏、内蒙古、新疆，你时时遇见开口能唱的人——即兴创作诗歌，成为他们语言的重要组成部分。那歌词中美妙绝伦的比喻、浑厚充沛的情感，令人心神惊动，拍案叫绝。如果硬要说差距，那只是，落笔成诗，化成书页墨迹流传的条件逊于汉族而已。

大多数时候，他们的诗和歌，就如在水上写字一般，不留痕迹。散落在天地间，只有风和云知道。

藏族人很讲究诗歌的学习和传承。在藏传佛教寺院教育的系统里，有大小五明的细致分类。“明”，是知识的意思，小五明中，关于诗歌的系统学习就有两类，不可说不重视。

藏传佛教历史上很多高僧都是诗人，如噶举派的祖师密勒日巴，萨迦派的祖师萨迦班智达，格鲁派的祖师宗喀巴，还有在汉地名气最大的六世达赖仓央嘉措。他们都是最优秀的藏族诗人，诗作都有汉文译本传世。

简单来说，密勒日巴尊者以自然入诗，萨迦班智达尊者以道德入诗，宗喀巴尊者以教理入诗，仓央嘉措以情事入诗。

正版的仓央嘉措诗歌应该叫作“古鲁”（意为道歌），而非“杂鲁”（情歌），它真正的寓意或许只有修道者才能清楚。

仓央嘉措有一首众所周知的诗：“心头影事幻重重，化作佳人绝代容。恰似东山山上月，轻轻走出最高峰。”

在宗喀巴尊者的诗作中，也有许多类似的诗：“禅密之笔绘出佳妙身，腰肢秀美好似青柳枝，脸庞丰润好似月亮圆，双目清澈红唇如莲之娇艳。”——这是宗喀巴尊者冥想时赞颂空行母的诗篇，同样充满了对女性的赞美。

如果涉猎稍微广泛一点，我们可以看出，同为格鲁巴的世系传承，在诗歌创作上，宗喀巴尊者对仓央嘉措有着极为深远和微妙的影响。

只是，宗喀巴尊者的境界在道，而仓央嘉措着眼在情。

那一天，我在布宫里的观音像前，闭目冥想许久。近年确实掀起了一股仓央嘉措热。无数人模仿着他的语气说话，不惮将自己的情诗情话署上“仓央嘉措”的名字。搞得像仓央嘉措每天都忙着谈情说爱，写情诗一样。

还有人忙着给他编诗集，写传记——恕我直言，大多很违和。

但我想，仓央嘉措成为一种流行、一个符号，固然伧俗，又何尝不可视作一番缘起？许多人因为他的诗，因着这位传奇的，会写情诗的喇嘛而兴起了解西藏，了解藏传佛教的兴趣，一开始只是清浅的兴致，在遥远的将来，却未必不可成为了解佛法，求证正道的缘起。

这就是很好很好的事。

二

他的诗，深情如斯，深刻如斯，细究心事，又平微如斯……是那么想得到自由和爱情，想得而终不可得。他诗中满是憾恨，因是活佛，被清规戒律束缚，这身份的冲突、内心的矛盾格外惹人唏嘘。

我敢打包票，若不是那一句“转山转水转佛塔，只为今生与你相见”，若不是那句“世间安得双全法，不负如来不负卿”，大多数文艺青年根本不会跟风做仓央嘉措的拥趸。

仓央嘉措的诗，托赖译者的水平，译得好的，如民国时曾缄的版本，让人情怀流连；译得不好的，平白如话（倒也得其本味），通俗易懂。实话说，以汉族诗歌的文学成就标准而言，即使是译诗的水平，也不能算一流，至多是二线，只不过深情绵邈，又带着点民族风，让人比较容易记得。

冒死再进谏一句，他的原诗作，真的不是那么笔调嫣媚，文艺煽情啊！

我常在想，当那些文学女青年，念着仓央嘉措的诗句辗转反侧时，捧着他的诗集去藏地朝圣时，或是以深情文字缅怀追述他的一生时，她们真的了解他吗？未必！她们只是被其中的一两句诗，被只言片语的情绪打动了，狠狠地，被戳中了心窝。

那诗句坠落在灵魂上，犹如露水滴落在牧草上，引起轻轻的战栗。

在他的故事里，我们看见了自己——得不到，放不下。世人皆是如此。得到了认同，就深感满足。怜悯他的时候，我们何尝不是在怜悯自己？做旁观者的时候总是轻松些，清醒些。

他的诗如波似镜，投射出我们内在的情绪涟漪，犹如梦呓时的喃喃自语。他用诗句道破众生所有的执念和残念，正应了那句：“因为爱过，所以懂得；因为懂得，所以慈悲。”

从仓央嘉措的传记和密传来看，在当时的环境下，他的处境是很压抑凶险的。饱受各种挫折苦闷时，还能写出那样的诗篇，表达凡夫心流转的微妙情感，这不失为一种修行和普度。

需要说明，以上都是从大众认知仓央嘉的角度去论述，并不代表我们所谈论的，是真实的仓央嘉措——佛说，三界如幻。说到底，我们解读仓央嘉措这个人和他的诗歌不过是梦中说梦罢了。

退一万步说，即使仓央嘉措会谈情，会说爱，他也不是只会谈情说爱啊！

少年的爱情总是举轻若重，高僧的心总是能够举重若轻。仓央嘉措既是少年，也是转世的仁波切（高僧）。如果你真的喜欢、理解、崇拜仓央嘉措，你就应该相信，以他的修为，他对事对情的看法，绝不会那么肤浅表面。

充满情执的凡夫之心，看见的是求不得的哀伤。殊不知，仓央嘉措想传达的本意可能是“知幻即离”，是“缘起性空”，是勘破世间缘起缘灭。

藏传佛教的高僧认为：仓央嘉措的情歌，实际上有外、内、密三层意思。世人大多只懂外层的意思，觉得这适合在家男女的心意，却不知它内里还有更深的教言。他用浅显易懂的语言，以人们执着在意的感情为切入点，逐渐将人接引入看破、放下、自在的境界。

叹一句，耀眼的诗篇后人传诵，说过的佛法谁人能懂？

三

人总是试图把残缺的事物说得圆满，习惯让不可捕捉的事物显得真实可信。虽然隐喻始终不够用，但好在我们总是能够自欺欺人，自圆其说。

众生因情执而辗转于轮回之境，在六道中或升或降，无一刻真正喜乐安宁。我们住在身体和灵魂共同铸造的牢笼里，灵魂锻造的囚笼比肉身的局限还难打破。

即使不谈佛法，谈生活，谈感情，很多人也没搞明白，我们终此一生要等待和寻找的是灵魂的伴侣，不是生活的敌手。

耗费一生精力与爱人（不爱的人）对抗，就算赢了，又有何意趣？不过是在浪费彼此的时间和生命。

最后，只剩下一个苍凉的背影，和无数心酸却难以言说的琐碎。

如果是这样苦苦相逼，不欢而散，还不如一开始就孤身上路，且行且停，还落得自在潇洒写意。

活得越久，越成熟，越清晰，我们越会明白：每个人最终想要的，都不只是爱人，最好还是知己。

年少轻狂的时候，我们误以为，只要心中有爱，身旁有爱人，就万事皆足，后来才明白，爱是不够消磨的，人是会变的。

比起爱，我们更想要的是被人懂得。说起来很简单，又最不简单的一件小事。

不论世事如何变迁，人心如何变幻，情事如何辗转，我始终深信不疑的是，真正的爱如法露无垢清凉，不会徒然无谓彼此消耗，而是互相净化、滋养成长。

如果不是这样，那一定是我们还心有挂碍，期许和相处的方式存在问题。发现它，突破它，才是对人对己负责的态度。

要因爱而生欢喜，成为更好的人，才不枉我们在情爱中战天斗地、欢天喜地、痛哭流涕地折腾过一场又一场。

虽然很想寻得那个矢志不渝的“你”，但我更想找回那个自性清净的“我”，愿你我，最终都能释然放下，证得圆满的慈悲喜舍。

四

三百年前的那一场恋事，怎么看来，都算是倾城之恋了。到现在依然余音袅袅。

这些年来，我在不同场合，听不同的人，唱过不同版本的仓央嘉措情歌和仓央嘉措情诗改编的歌曲。除却那些刻意媚俗的言论不谈，藏族人本身倒是将仓央嘉措看作一个深情忧伤的年轻人居多。

他们唱着他的诗，传诵着他的故事，没有人觉得这个少年有什么不好，没有人刻意指责他，说他不遵戒律，说他性格和行事的缺点。

他们宽容他的离经叛道。

这或许跟这个民族骨子里的多情和宽厚有关，而更深地，是跟这个民族对佛法的理解有关。

信仰与生俱来，生生不息，伴随一生。生死轮回、因果不虚是镌刻在他们灵魂深处的观念，修行是日常生活的内容。随喜众生，而不是目无下尘，刻意高高在上，离群索居。

我从这个细节，更了解藏族人，更理解藏传教法的人文关怀，对佛法升起真实的信心。其实只需要按照佛陀指出的道路，循着自己的内心，做真实的自己就可以了！

一曲长歌婉转，一顾只影阑珊，一梦红尘漫漫。所谓前生注定的因缘，隐藏在茫茫因果深处，可遇而不可求。

爱恨如梦，弥漫了三生，轮回痴缠，我们都是迷途的孩子，踏尽虚空，寻不回来时路。有哪一个人，眼底没有遗憾？又有哪一个人，心头没有伤口？

就算是铁了心“转山转水转佛塔，不为修来世，只为途中与你相见”，这个“你”，也注定不是一个普通的“你”，而是那个与“我”一见如故，心神交会，夙缘深重的“你”。

亦唯有这样的“你”，才值得“我”踏遍红尘，千山万水寻觅。

你我都心知肚明。两个人彼此既是爱人，又是法侣，能够山长水远，三观一致地走下去。不离不弃，不厌不憎，这份因缘，本就殊胜难得。

我现在爱用“因缘”而不是“姻缘”这个词来形容人和人之间的情感。因缘够了，才谈得上姻缘；有了姻缘，因缘不够，最后也会淡了，散了。

很多时候，就算转遍这世间，就算用尽毕生运气，亦未必能遇上那个对的人。所以，大多数时候，大多数人，终此一生，都只能蒙蒙昧昧，踽踽独行。

你能够否认吗？人是生而忧苦的。生、老、病、死，爱别离，怨憎会，求不得，五阴炽，这世间八苦饶过哪一个？细细想来，佛陀诚不我欺。

不管人生的际遇如何，烦恼总是如影随形。但我们又无时无刻不想摆脱这烦恼，获得真正彻底的快乐。

所以佛陀说，众生最大的愿望是离苦得乐。

放眼望去，每个人都不那么快乐，这就是人生。每种众生都不那么快乐，这就是三界。诸漏皆苦，有求皆苦。

偶尔因生活的不如意而失落、厌倦，想要脱离常态，获得解脱，这是厌离心，而非出离心。仅仅对这娑婆人世生出厌离心，是不够的，这只是开始，我们还必须生起真正的出离心。

出离不是离开这个世间，舍弃这个世界，真正的出离心是能够看到并相信诸相皆幻，由此将心从无明执着的状态中剥离出来，如迷恋游戏的人戒掉游戏瘾一样。

“三界乐如草头露，均属刹那坏灭法。不变无上解脱道，奋起希求佛子行。”了解快乐和不快乐形成的根源，了知快乐和不快乐都只是“心”的对境，不是最终的实相。有一种超越其上的清明之境，有一种不失不坏的欢喜，等待我们去学习，去证得。

讨论仓央嘉措这个人和诗歌的意义在于，汉传的教法中，除却少数证道的禅师，在证道开悟时留下几句艳情诗，给人眼前一亮、耳目一新的感觉，少有人敢把感情端到台面上来说，在生活中更是避之犹恐不及。唯恐稍一流露，落在信众眼中就成了修行不谨、道行败坏了。他们的生平事迹就像官方正史的记载，千人一面，不见悲喜，当然也就很难有真实的感染力。

修行的人，无论他层次再高，在证悟之前都是人。有缺点，有不足，再正常不过，但信众喜欢和希望看见的，是一个完美无缺的偶像，可以直接端到法台上，被他们膜拜、供养。这金身是不能坏的，坏了就不具备功德了。

了知佛意，开始独立学习，而不是盲目崇拜，将自身的解脱寄托在神佛的护持上——仅仅是打破这层迷障和自我防卫，就是一件艰难的事——要打破不劳而获、得过且过的美梦和屏障，少有人不跟你翻脸。

爱是软弱，望是索取，信是宗教——所以多的是信众，少的是佛子。

修行是烦琐艰险的事。你必须精进探索自己的心，看到自己被精心掩饰的丑陋和不完美。这是真正的佛子才愿意去尝试的功课。

与累生累世的习气做斗争，它们是如此曲折狡猾，经历了反复的失望和喜悦，也许耗尽一生心力，也不过是堪堪打个平手，下一世，还要整装再来。

这真是漫长而见效甚微的努力。多少人折戟沉沙，就此放弃，沉沦。要抵御习气的侵袭，更要化解它们，与之和好，超越它们。

我真的不能安慰许诺，说这是容易的事，但它绝对值得我们去做。

当习气改变、烦恼断除时，我们会获得前所未有的喜悦和新生。

人的一生，如果不出意外的话，就是从懵懂（愚昧）走到清醒（智慧）的过程。要坦坦荡荡，明心见性，方不负这转山转水的旅程。

肆

一生何求

早几年，我还住在大昭寺边的“林仓”。那是一座老房子，是经师林仁波切的旧居，一度是哥哥在打理，所以我就住了进去。

住的房间有景，每天早上太阳照进来，亮得让人不能装睡，在床上略支起身，就可以看见大昭寺的金顶闪光。

那真是地理位置绝佳的处所，出门走到大昭寺用不了两分钟，我便养成了每天在八廓街转经的习惯。

这样的好处，是我一回拉萨就立刻融入了当地，仿佛这么多年从未离开。

我像一个真正的藏族人那样生活，转经、拜佛、磕长头，学会简单的藏语。几年下来，大昭寺附近很多人我都认识，警察会请我喝酥油茶，老阿妈会蹲下来帮我系鞋带，磕长头的人会让出磕长头的垫子给我……

走在冲赛康的集市上，走在八廓街的转经道上，我知道这里的每一条巷弄都指向祖拉康（大昭寺）。偶尔我得意忘形，活蹦乱跳，兴高采烈地摔个狗啃屎，不用担心，身边一定会火速冲出两个陌生人把我扶（架）起来，然后飘然远去。有时会快得来不及道谢啊！

就像遍地的阳光一样，他们对我的恩慈，是如此自然朴实。

我喜欢自己回到拉萨的状态。沐浴在阳光和蓝天下，整个人清透、松弛，像被晒干晒暖的棉被。早年南方生活带给我的阴霾，成长的烦恼都烟消云散。

看到每个人都微笑是什么感觉，毫无负担地示好是什么感觉，我回到拉萨就是什么感觉。

一直以来，我无法关注游客感兴趣的“艳遇墙”“拉漂”的江湖传奇什么的，原因是我从未有过游客的心态，亦从未感受和接触过“拉漂”生活，我对他们所谓的恩怨波折、跌宕起伏全无兴趣，纯然是以一个本地藏人的心态和状态在生活。

“少小离乡老大回”，我无意对人渲染藏地的美好和神圣，它对我而言是故乡，是安居之地，更是修行之所。

转经时，我观想自己是走在轮回之路上。不管我从哪里起步，走到哪里，大昭寺就在那里，佛陀永远在那里。

颇章布达拉如父威严，祖拉康如母慈悲。我记得第一次跪在大昭寺前，一股悲辛冲上心头，像我这样笑点低、泪点高，流血不流泪的人居然哭得稀里哗啦。那一刻的委屈，就好像迷途的孩子终于摸回了家门。

泣不成声。没有人笑我，没有人来安慰我，我就这样尽情地哭。哭完了，脸都没擦，起身进了大昭寺。一位喇嘛为我开的门，门口的守卫也没有要门票（这么多年了，一次都没有要过），我径直进了大昭寺，穿堂过廊，跪在等身像（觉沃佛）前接着哭。

眼泪滔滔啊！我跪在觉沃佛前，觉得自己是个又丢脸又委屈的孩子。我的眼泪，既是为了重归佛前而流，也是为了这么多年五毒俱全、业障深重、不知悔改而流。

觉沃佛慈悲而深远的目光洞悉了我，他知道我陷于轮回的忧恼，他明了我身语意所犯下的罪孽。

眼前的酥油灯闪着光，身后的喇嘛在做晚课，喁喁念诵，梵音如海，我那颗野蛮生长了二十多年的心，慢慢地温顺静默下来。

波折了这么多年，我终于还是回到了熟悉的地方，回到了佛陀的怀抱。

“诸佛正法众中尊，直至菩提我皈依，我以所行施等善，为利有情愿成佛。”

我已经迷失了这么久，浪费了这么多时间，幸而诸佛慈悲，让我灵智未泯，未失人身，我还来得及回转佛前，再求正法。

眼前这尊觉沃佛像，是大昭寺的镇寺至宝——佛陀的十二岁等身像。它与小昭寺的八岁等身像、印度菩提迦叶正觉塔的二十五岁等身像一起，是这世上仅存的三尊按照释迦牟尼成道前不同年龄的身相塑造，并由佛陀亲自开光加持的佛像。

见此佛像，如见本尊。

绕着大昭寺内等身像的这一圈内转，被称为“囊廓”，是最殊胜的朝圣。

在大昭寺外，在前往圣城拉萨的千山万水中，有无数人不计生死，虔心以待，走了千里万里，只为见它一面，看它一眼。

这是真正朴素的信仰之路。哪怕来日天寒路远，人疲马亡。

我日日得睹佛颜，趴在觉沃佛的膝盖上顶礼，与那些不辞万苦赶来朝圣的人比，我实在幸运得惭愧。

我跪在佛前，回想着自己这么多年的无明和执着——我能感觉到它们还是如影随形地跟着我。现在我已经能觉察到它们的存在，可想而知，在我未觉察它们存在的、久远的以前，它们也是这样一次一次驱策我步入轮回。

《佛子行》上说：“三界欲乐如盐水，渴求转增无餍足。”我知道，我真的知道，在过往的许多世中，我多少次执迷不悔，又多少次半途而废。

轮回过患，悲欣交集，若我看不见那指引，一点都不明白最终的正道是什么，那也就罢了，偏偏我知道。

那正道光明尽在眼前，我却贪恋红尘，以苦为乐。

明明应该去走的路，我却始终怠懒，视而不见。

这一次，我发誓，不再任性，不再退转。

心的修行，证道之路，再苦再难再久，我都不会放弃。

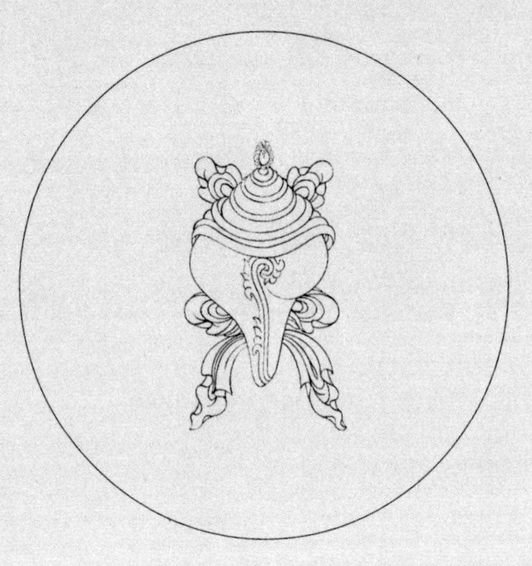

伍

遥远的呼唤

一

唐高祖武德八年（公元 625 年），一个女婴降生。相较于一般女婴而言，这个女婴的出生可算隆重。但对于李唐王室而言，此事，不过是宗室子嗣中又添一人，循例上奏，稍作赏赐、庆贺，登宗谱、记玉牒也就是了。

这小小的宗室之女，自然比不上皇家自己的公主显贵，故而，关于她的一切，在史籍上并没有特别详尽的记载。

只有在她成年，许婚吐蕃之后，她才为世人所知。

贞观十五年（公元 641 年），吐蕃赞普松赞干布请婚，太宗以宗室之女妻之，赐号“文成公主”，令礼部尚书、江夏郡王李道宗主婚，持节送嫁于吐蕃。

至此，“文成公主”名扬天下，和唐代历史上那些飞扬跋扈、赫赫有名的公主一起被载入史册。与毁誉参半的她们不同，她留下的评价是极为正面的。

这十六岁的少女，明媚可亲，风姿动人，她似帝苑牡丹，虽未盛开，业已楚楚，足以令远道而来的使臣喜出望外。

尤令太宗放心和朝野上下满意的是，文成公主自始至终表现出的知书达礼、从容不迫。她深明大义，不以和亲为耻为苦。面对来日的风尘和日后将有的颠沛与艰辛，她镇定自若，显出与美貌相匹配的智慧和果敢。

举目望去，与那些令人头大的天之骄女相比，文成公主的品行和清誉无可挑剔，好到堪为当时后世的典范。她成为新生的李唐王朝最拿得出手的一件国礼。

即便今日，交通信息便利如斯，有些人想到去西藏还要担心得寝食不安，上蹿下跳。可想而知，一千三百多年前，从繁华的长安前往偏僻苦寒，堪称蛮荒之地的逻些（拉萨），是多么地令人不安。远离父母家乡，远离京城首善之地，文成公主的心胸和担当实非一般人可比。

我不能擅自揣摩她的心思，但世人皆知，自古和亲皆非美差，否则正牌公主们都自告奋勇向前冲了，哪里轮得到她。

那些年打打停停，大唐与吐蕃的边境从未安宁过。松赞干布还是边打仗边求婚，打赢了就要浑，打输了就要赖，求和求亲。面对这滑不溜手的对头，老谋深算的太宗亦深感无奈。

在这种局面之下，文成公主所肩负的责任远不止嫁到吐蕃，和赞普把小日子过好这么简单。她需要维护的是大唐和吐蕃的和平，大唐的体面和尊荣。

换言之，面对松赞干布这个亦敌亦友心思莫测的夫君，面对陌生的态度并不明朗的吐蕃臣民，她不可太硬，亦不可太软。

太硬，则失却了和亲的本意；太软，则达不到和亲的效果。这其间的分寸把握实在耐人寻味，足够她在送亲路上细细琢磨。

据说，这位素未谋面的赞普在向唐朝求亲的同时，又求娶了泥婆罗（尼泊尔）的尺尊（又译赤尊）公主；在此之前，他已经立有三位本族的藏妃。如此看来，这位君主的雄心和制衡之术不言而喻。

也罢！于他们这种出身的人而言，哪有单纯的婚姻？男婚女嫁注定要考虑诸多因素，复杂如布局对弈。唯独爱与不爱，有没有感觉，是最靠后的，可以忽略不计。

若她不愿远嫁吐蕃，就嫁作世家妇，争奇斗艳、诸般算计照样免不了，日子也未必轻松好过几许，一样是钩心斗角，营营役役。外表是贵妇，内在是怨女，这样的生活，身边已有无数翻版，不需要费心多想，就可以一眼望穿余生。

倒不如远嫁吐蕃，远离那不尴不尬的处境，她好歹能为自己做一点主。

莫问前程凶吉，但求落幕无悔。曾经是命运选择了她，而今她要选择自己的命运。

千里跋涉，在路上走了三年，在青海河源，她见到那即将与之共度一生的男人。

那挺拔伟岸的高原男子，腰佩宝刀，身跨骏马而来，风尘仆仆，面有风霜峻烈之色。百战之身，迥异于长安子弟的风流文弱。他不算年轻，却别有一股质朴天真，笑起来，有飞向鬓角的鱼尾纹，那双眼清亮得可以直抵人心。

唐蕃道，青海头，群山静默，风吼如兽，割面如刀，寻常人耐受不住，她却觉得熟悉自在。大风撕裂了前尘，她听到那冥冥中遥远的呼唤，她属于这里。

迎着那肆意却纯真的眼神，她莫名觉得安心。

向天许愿，向诸佛祝祷，相信这样的人、这样的天地，会带给她不一样的生活。曾经她是哀婉的笼中鸟，今后她要成为翱翔高原的鹰。

掩去一路的艰辛和初嫁的忐忑，从那一刻起，她虔心全数接纳上天的安排，因为她知道，最好的东西不会单独到来，它伴随着其他东西一起到来。不管将来如何，她且安步于当下。

二

抵达逻些，文成公主受到吐蕃臣民的欢迎，她看到松赞干布赞普为她修建的宫室，那就是初建的颇章布达拉。而她与尺尊公主亦要分别营建代表各自身份的大、小昭寺。

在藏人的传说中，远自大唐而来的文成公主犹如天人降世。她博古通今，精通星算风水，神机妙算，无所不知。

当初择大昭寺寺址之时，松赞干布抛出手中戒指，向尺尊公主许诺，随戒指所落之处修建佛殿。孰料此处是湖，戒指落入湖内，湖面顿时光芒四射，显现出一座白塔，以此祥瑞预示此处可建造佛寺。

虽然发心赤忱，尺尊公主营建大昭寺仍遇阻，屡遭天灾水患，屡建屡毁，直至文成公主到来之后，卜算出西藏的地形如仰卧的罗刹女，凶恶难驯，须设法镇之。

好在拉萨地如八瓣莲花，山如吉祥八宝，若在魔女的心脏和恶龙宫殿的位置建寺，辅以十二座小寺庙镇住魔女四肢躯干，当可转戾为吉。

乃用千只白山羊驮土填湖建寺，镇住罗刹女的心脉，又向赞普请准，在周边建昌珠寺等十二座小寺庙，镇住魔女的四肢躯干。如是，大昭寺方顺利修建完成，雪域高原亦因此因缘化现为八宝祥瑞的佛地。

大昭寺原称“惹萨曲郎祖拉康”，意为“山羊驮土所建之佛殿”，因大昭寺是拉萨城中心，古语有“先有大昭寺，后有拉萨城”的说法，拉萨亦称“惹萨”，后来才逐渐叫成拉萨。

文成公主帮助尺尊公主筹建大昭寺后，在相距不远的地方建造小昭寺，供奉从长安迎请过来的佛祖十二岁等身像。据说两寺是同日兴建，同日竣工，择定同日开光。大昭寺门朝西，是面向尼泊尔的方向，小昭寺门朝东，是面向长安的方向，以慰两位公主的思乡之情。

不得不说松赞干布的联姻之举颇为高明，两位公主俱带来不菲的嫁妆，除却金银之外，更有当时吐蕃最为欠缺和急需的工匠、科技、佛经、医书、农作物等，大大加速了吐蕃社会的文明进程。

两位公主俱崇信佛法，在藏族人的传说中，圣王松赞干布是观世音的化身，而两位公主分别是白度母和绿度母的化身，她们跟随赞普修行，弘扬佛法，教化雪域众生。

中国的历史书热衷于谈论文成公主和亲的积极意义，赞颂那辉煌的开端，刻意忽略后续，制造出公主与王子从此幸福地生活在一起的假象，误导了太多人。

文成公主所面临的，是更错综复杂的处境。即使赞普在世时，处在诸位王妃中，她亦未有过人的殊宠。后来赞普先她而去（老夫少妻在所难免），她终老高原（未有子嗣）——没有子嗣也不是坏事，省却了日后许多的纷争和牵挂。然而，这其中的凄楚和不易，即使史书略过不言，我们亦可意会一二。

人生在世，良辰好景总是短少，剩下漫长的荒芜需要独自面对。能够拥有童话般美满结局的人，万中无一。

好在后来的人们，从未减损对她的思念、尊重和认可。现在青海、卫藏（前后藏）地区仍有多处供奉文成公主的寺庙和塑像，关于她的传说更是俯拾皆是，传遍了整个藏区。

我想这是对一位世间公主最高的肯定和赞誉，她在藏族人的心中早已超凡入圣，不只尊贵，而且神圣，她已化作藏人文化信仰的一部分，无愧她的封号“文成”。

没有哪一个政权的安宁，是能够单纯靠女人的青春美貌维系的。在后来的传说和现实中，唐蕃关系几经反复。

藏族传说，武则天欲发兵将文成公主陪嫁的十二岁等身像索回，吐蕃臣民将其移至大昭寺墙内藏起，将尺尊公主带来的八岁等身像请至小昭寺代替。唐中宗显龙年间，金城公主和亲入藏，将十二岁等身像寻出，安放于大昭寺中，至此两尊佛像便对调了位置。

是以如今大昭寺内供奉的是文成公主带来的十二岁等身像。每次顶礼觉沃佛，我都会想起这位貌如莲花、心地光明的女人。

古往今来，在声名上能与她相提并论的和亲者，只有王昭君一人而已，从文化影响的深远程度去考量，王昭君的影响力尚不及她。这其中固然有命运的成全，又何尝不是因为她内心强大？

按照佛教的理解，文成公主是诸佛的化现。

诸佛的化现，是指有些人给世间带来长久的光明和智慧。他们所显现的慈悲是深广的，如甘露普洒，令众生受益。

陆

城的故事　王的传说

每隔一段时间，在某些无法预测的时刻，我会强烈地想回到拉萨。

以前读诗词，读了太多思乡的句子，残艳到让人过目不忘。但我生来对出生之地无感到极致，所以无法真切了解古人诗词里所表述的思乡是什么样的感受……直到此生与拉萨再度勾连在一起，我才体验到何谓思乡，何谓乡愁。

乡愁如箭，破空袭来，毫无预兆。

有时候是看到一篇文章，有时候是听到一首藏歌，有时候，仅仅是抬头看到蓝天白云，就会想到拉萨。虽然很多时候，我可能是不久之前才回去过一次。

它到来的感觉却是那么清晰、强烈、煽情。

清晰到我皮肤发紧，大半夜的恨不得抓起包立刻买机票回去；强烈到我听到心在蠢蠢欲动，肉身轻轻碎裂的声音；煽情到我必须用全部的理智去压抑这种冲动，就像渴望立刻见到最爱的人的那种情不自禁。

深爱一个地方，和深爱一个人如此相似，哪怕是看到一点点相似之处，也会拐360度联想到他，人少的时候你想他，人多的时候，你更想他。

此生除了拉萨之外，还没有其他任何一个地方，能够让我想起来就鼻头发酸，唤起我如此甜蜜和痛楚的感情。

对拉萨而言，我可能永远像一个流亡在外的孩子。

它像一座破碎的坛城。不，它是永不破碎的坛城。

当我匍匐在觉沃佛的脚下，抬头看着佛前的慧灯之光，我知道，我深信不疑。拉萨这座信仰之城，藏人金色的信仰之路，虽时见风雨阴霾，却从未黯然失色。我要用我的笔，绘出它的千年光华，以寄深情，以慰乡愁。

一

无可否认，藏族是一个热衷在传说中延续历史和文化的民族，无论是观世音化身的神猴和岩魔女（罗刹女）结合才衍生人类的神话，还是赞普先是天神之子临凡，后来又因为一时疏忽砍断了天梯无法回归天庭的传说，无一不证明了这个民族天真雄奇的想象力。

吐蕃王朝共传42代赞普，前26代赞普无可考，自27代起，赞普名见于《旧唐书》，自33代开始，始有年代可考。

我经常觉得，藏族人如果不运用想象，不借助神话传说，可能会失语，无法开口叙述自己的历史，因为首先他们自己就无法动情。那样的历史，纵然是真实的，对藏族人而言，也是无关紧要的。

与那些湮灭在历史中的东方古城不一样，拉萨虽然今昔差别巨大，却仍旧算得上活色生香。尤其是老城部分，依然日日桑烟袅袅，转经磕长头者络绎不绝。

我深信，身临其境时，无论是长久居留还是匆匆一瞥，是惊鸿般的游客还是虔诚的佛教徒，都能生出不一样的感觉。

但我仍反感将它视作一座游客来去匆匆的旅游名城，或是充满了江湖传奇味道的城市。在拉萨无须猎奇，因它本身就是传奇。

当天色渐暗，游人渐散，八廓街边的灯光亮起……我会觉得，它卸去了浓妆，蜕却了崭新而笨拙的躯壳，那古老而轻盈的灵魂如午夜的昙花绽放。

我在这座形如曼荼罗的城中，且行且停，领会着造化的神奇、人力的伟大，领受着诸佛的加持。一遍遍念诵真言，叩长头作礼，贴近它的血脉，亲吻它的心脏。

隔世重逢的我们，彼此相认，无凭无证。它白发苍苍，我容颜已改。它不言，我泪落。

要有多深的波折，才能让如此深刻的关系分离？但是，不管离开了多久，只要还能回来，一切就还来得及，不是吗？

此生，我以天为证，请你带领。

拉萨是人类意志、情感和想象力的完美结合，是宗教文明和世俗诗意的完美结合。它拥有生生不息的魅力，历劫而不毁，让人时时回眸，不舍离去。

在最古老的记载中，拉萨原来的名字叫作“吉曲沃塘”，意为“牛奶般的平台”，是当时森波部落首领的牧场。

从高原上散落如星辰的 40 个小部落相互混战，到吐蕃王朝的前身悉补野部落崛起时，时间已经漫不经心地过去了几百年。野蛮生长，此起彼伏犹如汉族历史上的春秋战国时代。

从最初无考的“天赤七王”到松赞干布的祖父达日年塞活跃的年代，悉补野部已经传了 31 代赞普，强大到坐拥雅鲁藏布江南半壁江山，将目光瞄向雅鲁藏布江北岸。

松赞干布的父亲囊日论赞，再接再厉，将自己的势力范围扩展到了现在的拉萨附近，将新王宫建于墨竹工卡的甲玛沟，松赞干布即于甲玛沟强巴米久林宫出生。

数代的苦心经营和积累，使得年轻的第 33 代赞普——松赞干布有魄力和能力征服强敌，扩张领地，继而做出迁都的决定，建立一座崭新的城邦。

仿佛是命中注定，从最早山南的第一座宫殿雍布拉康，到新王宫强巴米久林宫，再到红山之上的宫殿（布达拉宫的雏形）……王在一步一步靠近他的王城。

部落间的血腥厮杀，征服与反抗，在藏族人的口中，又变得浪漫随意，犹如神启。传说中，松赞干布为征募士兵，带着大臣往西而行。日行夜宿，北渡雅鲁藏布，到了“吉曲”河边。年轻而活力十足的赞普被盛夏的美景陶醉，脱衣跳入河中沐浴，清凉的河水让他油然生出一种冲动，要把自己的王城迁移到这里，将宫殿建造在这里。

这种冲动，他认为是神启。

吉曲河谷“红山耸峙，碧水中流”，地势宽阔平坦，又有玛布日（红山）、觉布日（铁山）、帕玛日（磨盘山）三山环绕，毫无疑问，这是上天赐予古老城池的自然屏障，这里是天然的福地。

在很久很久之前，他的先祖拉脱脱日赞普曾在眼前这三座山当中的红山上隐居修行过；他的父亲也曾闪念要在红山上修建王宫。而今，这念头又在他心中活跃。这一切，难道不是冥冥中注定的因缘吗?

年轻而富于决断的赞普很快与大臣们商议完成了迁都的事宜。王室从墨竹工卡甲玛沟迁至新都，文臣武将、庶民百姓追随而来。红山之上建起王宫，围绕着大、小昭寺开始有了民居和集市，日复一日，渐成规模，一座千年古都开始有了最初的雏形。

原本大兴土木，世俗化的建城过程被藏族人演绎成一个个美好浪漫的传说，留在壁画和民歌中，留在后来世代口耳相传的故事里。对藏族人而言，某种意义上，神话传说的价值高于严谨的历史定位和精确的描写。他们不在乎准确和真实，更为看重的是，从中获得的亢奋和敬畏。

譬如赞普是观世音的化身，半人半佛的神圣存在；他在红山之上投下戒指，湖泊中显现白塔，昭示此地为吉祥殊胜之地；他有能力幻化成百名工匠同时雕刻佛像；譬如文成公主是白度母化身，帮助同为绿度母化身的尺尊公主肇建大昭寺。

文成公主仁慈睿智，天文地理无所不晓，能够夜观天象，推断藏地为罗刹魔女仰卧之像，要建 108 座寺庙以镇之，大昭寺要建于罗刹女的心脏位置，需要用白山羊驮土建寺。“惹萨”（山羊是“惹”，土是“萨”）成为王都新的名字。

虔诚的人们按照佛教的宇宙观在此构建城池，如绘坛城。“吉曲”河畔的红山（玛布日）成了观世音菩萨的道场；铁山（觉布日）受到大威德金刚的青睐加持；磨盘山（帕玛日）则成为文殊菩萨的护佑地。三座山、三尊佛形成一个新的藏语名词——“日松贡布”（三怙主），昭示着佛法在雪域初兴，亦昭示着王城拉萨成为圣城拉萨——雪域高原的佛法中心。

除却布达拉宫和大小昭寺，拉萨的东郊还有一处与山南桑耶寺、青朴山齐名的修行圣地，唤作扎耶巴。那些佛堂和修行洞都凿筑在悬崖山壁上，朴实无华。扎耶巴上最初的建筑，据说是松赞干布为他的藏妃芒萨赤尊修建的佛堂，也是这位藏妃，为赞普生下唯一的儿子。

佛堂遗址所在地众说纷纭。我已经习惯在藏族人的口中听传说，而非历史。但山上确实有一座被称为法王洞的修行洞，我在拉萨的所有亲朋都非常肯定地说松赞干布在此修行过。

大约在一个世纪之后，随着被誉为“第二佛陀”的莲花生大师的到来，扎耶巴成为更有灵气的存在，无数的修行者隐居在此，潜心向道，领受着诸佛的加持。

刺杀末代赞普朗达玛的勇士——僧人拉垅贝吉多吉亦曾逃匿到此，继续修行。

由于这种种的原因，扎耶巴在拉萨人心中地位显要。拉萨的民谚说，如果说拉萨是一件美丽的衣裳，扎耶巴就是这件衣裳的领口；如果说拉萨是一个精美的杯子，那么扎耶巴就是这个杯子的口沿；如果拉萨是一面锦缎，那扎耶巴就是这面锦缎上的绣图。

松赞干布以降，又传三代（贡日贡赞、芒松芒赞、赤都松赞）之后是吐蕃王朝的第37代赞普——著名的护法王赤德祖赞。赤德祖赞在吐蕃大兴佛教，并娶了唐朝的金城公主。金城公主本是赤德祖赞为其子聘娶的妻子，但公主到藏时，王子已被信奉苯教的大臣害死，赤德祖赞自纳公主为妃。

虽不及文成公主在历史上声名显赫，美名远扬，但金城公主入藏后的处境要好于文成公主。从传说中亦可看出，她做主将尺尊公主和文成公主所携的等身像对调，从此十二岁等身像供于大昭寺，八岁的等身像供于小昭寺。这无形中强调和抬升了文成公主的地位。

另外，在大昭寺的墙上有一幅“王子认母”的壁画（这幅壁画很多寺庙都有），是说金城公主怀孕之后，赤德祖赞的藏妃奸猾作怪，将其子掉包，金城公主一怒之下砍断红山龙脉，直到王子认回生母，公主才用铁链接续龙脉。

虽然许子嫁父有些尴尬，但好在金城公主笃信佛教，与赤德祖赞志趣一致，在她的建议下，赤德祖赞接纳了从于阗避难到吐蕃来的僧人，建寺安置，佛法在吐蕃获得更大的传播。

二

与雪域上空的佛光交替闪耀的，是大地上金戈铁马的寒光。从松赞干布在世之时，到赤松德赞当政的百余年间（公元 649 年至 763 年），吐蕃帝国如日中天，不断扩张，连接长安的唐蕃古道空前繁忙。大唐与吐蕃之间时战时和，亦敌亦友，结盟又背盟，有太多的恩怨情仇难以尽述。

大唐帝国内部父子、母子、兄弟相残，令人目瞪口呆、应接不暇，吐蕃王朝喋血之争同样花样百出，从未停歇。先是松赞干布的父亲囊日论赞被不满他的王室贵戚毒杀，十三岁的赞普迅速从悲伤中起身，平定了叛乱，以铁腕巩固了统治。

曾经为松赞干布入长安求娶文成公主的噶尔·东赞，即出现在《步辇图》上的和亲使臣禄东赞，官居相位，一生效力王室，晚年攻破吐谷浑，坐镇于此，并终老此地。他的五个儿子继承父业，出将入相，功高盖主。王室深感威胁，赤都松赞以“谋反”的罪名将其抄家灭门，噶尔·东赞之子被杀或自杀或逃亡。逃亡者投奔了武则天，成为大唐的臣子，改姓“论”。这个家族在内地繁衍，明朝时还有人在朝廷任职。

到赤德祖赞即位时，也是危机四伏的局面，他剿灭了叛乱，才坐稳了王位。传到了他的孙子牟尼赞普，在位时间不长，也是死于叛乱和谋逆。

佛与苯、新与旧的斗争交替，光荣与梦想，忠诚与背叛，阴谋与血腥，世俗王庭中发生的一切桥段，在这座“日光之城”中一样不少地发生。

拉萨像一个巨大的舞台，无数场戏在此轮番开演。剧情或长或短，或精彩或狗血，不变是的，每一位上场的主角，都以为自己得天独厚，能够笑到最后。而拉萨，它像一个沧桑的老人，见惯了风起云涌，见多了波诡云谲，见证了无数人的华丽登场和黯然离场。

人间长歌婉转，悲欢不歇。诸佛慈悲凝目，默然不语。他们知道，凡人以为的开始往往是结束；而结束，才是新的开始。

赤德祖赞之子赤松德赞是率领吐蕃王朝走向巅峰的一代强雄。藏人传说，赤松德赞是金城公主所生，他们对此并无不适，这也是很豁达的。

在藏人的信念中，赤松德赞犹如松赞干布的重生。历史总是惊人地相似——公元 755 年，赤德祖赞被贵族大臣害死，13 岁的赤松德赞继位为赞普，成为第 38 代藏王。与一代英主松赞干布当年的经历如出一辙。

赤松德赞刚即位时，由信奉苯教的大臣玛尚仲巴结（赤德祖赞的大妃纳囊的哥哥，也就是赤松德赞的舅舅）辅政。玛尚颁布法令，不准民众信仰佛教，否则没收财产，流放边地。玛尚下令拆毁赤德祖赞修建的五佛堂，撵走住在拉萨的外地僧众，将大昭寺和小昭寺改成作坊和屠宰场。这是西藏历史上第一次禁佛运动。

在有能力掌握朝局之后，赤松德赞打压支持苯教的亲贵大臣，承继父亲的遗志推行佛教，再次迎请寂护论师入藏弘传佛法。

赤松德赞在位四十多年，不仅以武功著称，文治方面的建树也不弱于人，以其对佛教的扶持弘扬，被后世尊为“吐蕃三大法王”之一。这一切正好应验了松赞干布当年的遗言：“……在我的子孙后代中，有名‘祖’‘德’的赞普，执政时期将传来佛教圣法，并有很多人追随如来佛出家为僧。他们光头、赤足、身着袈裟，为数众多，成为神和人的供养处。由此，我等自身及他人可获得今生与来世转生善趣和得到解脱等一切安乐……”

寂护大师是古印度著名的论师，为中观自续派传人，他一生曾受赤松德赞之邀两度入藏。第一次在藏地传法，宣讲“十善法”“十八界”“十二缘起”等（佛教显宗的基本知识和道德规范）。违缘之事依然层出不穷，发生了“雷击红山（宫）、水冲彭塘（宫）及闹大瘟疫”等灾祸，一时流言四起，说这是传法带来的灾祸。

在不信佛法大臣的抵制下，赤松德赞只得暂时将大师送至尼泊尔。

寂护大师在离开之际，向藏王推荐了莲花生大师，并预言，有此人襄助，佛法方能在雪域发扬光大。他说：“这（灾祸）是西藏地方的非人、鬼神不喜之故，我须暂回尼婆罗（今尼泊尔）。藏王您是否还记得，你、我及莲花生三人，往昔生中曾同修嘉绒喀雪塔（今尼泊尔博达哈佛塔），并发誓愿同来此雪域弘法？现必须立即派人去迎请乌仗那的莲花生大师来藏，降伏凶猛的非人和鬼神。”

莲师本是乌仗那国（古印度属国，今属巴基斯坦）的太子，传说他出生于圣湖的莲花蕊中，因此被称为莲花生。被遵从神谕求子的国王因札菩提认为儿子，成年之后放弃王位，修得密法，成为当时最伟大的成就者之一。

莲师法力高强，入藏途中，一路施展神通，降伏苯教神魔无数，令他们转成佛教护法。他又示现神迹，消灾除难、疗愈疾病，使大量苯教信徒转信佛教。

这个传说，亦可看到佛苯之间互相争斗融合的漫长过程，在这个时期是佛法暂时占据上风。很快又是苯教势力卷土重来。

赤松德赞亲自组织了两次辩论会，第一次为佛苯之辩，寂护、莲师的教理胜过苯教。苯教败退之后，除却在政治上的影响力暂时消减，杀牲血祭习俗亦随之禁绝。辩论法会后，赤松德赞亲自奠基，莲师按照寂护大师的设计，主持建造桑耶寺。

大约花了12年，桑耶寺于公元775年建成，寂护大师在此为吐蕃七位贵族子弟，藏地的首批出家人完成剃度与授戒，史称“七觉士”。桑耶寺成为藏地第一座佛、法、僧三宝俱全的寺庙，成为佛法在藏地昌兴的标志。

关于桑耶寺的传说，我后面会写到。以前藏地也有个人供养的殿堂，但没有出家人，没有正式的宗教仪规，也缺乏正规的经典，所以那种私人性质的小殿堂不能被称为寺庙。

接着，赤松德赞邀请印度、于阗、汉地的僧人住寺讲经弘法，建了三大译场，组织青年学习梵文，与外来的高僧合作，大量翻译佛教经论，用藏文翻译佛教的经典，结集译成藏文大藏经。

赤松德赞制定“六法”，规定吐蕃地区一律信奉密教，彻底贬抑苯教；又派人至中国及印度求法，任命佛教僧人为僧相，开创僧人参政的先例。

赤松德赞晚年，汉族的禅宗从敦煌传入吐蕃，与从印度传入的中观宗发生了争夺信徒的“顿渐之诤”。关于胜负其说不一，从其后的实际情况看来，是中观宗占了上风，但其他宗派如唯识、禅宗，对藏地教理的影响同样深远。

赤松德赞所主持第二场辩论史称“吐蕃僧诤”，又称“桑耶法诤”，是佛教内部宗派之间的观点辩论。

当时在大唐盛传的唯识宗在吐蕃影响不大，反倒是非唐室官方派遣的，与他们差不多同时抵达吐蕃的汉僧摩诃衍那传授禅宗，十年之中风靡一时，吸收了许多信徒，当中包括很多当时的吐蕃上层权贵。原本追随寂护大师的中观宗的信徒也有不少被吸引过去。

有鉴于此，中观宗请求赞普裁决。最终赞普决定采用辩论会的方式，由莲花戒和摩诃衍那辩论。赞普从中裁决，获胜的一方得到赞普所献花鬘，并得到官方支持的传播。辩经从桑耶寺发起，直至结束，一共用了两年多接近三年的时间。

渐顿之诤实为唐蕃关系折射，汉僧必然失利，怏怏离藏——文成公主所建的小昭寺在百余年间曾是汉僧常驻地，就此冷落。

自然，汉传佛教对此事另有一番说法。后人曾有这样一种传说：摩诃衍那回返内地（沙洲）时，曾经把一只鞋留在西藏——如达摩祖师的“只履西归”（参见《贤者喜宴》）。这是对禅宗在西藏的思想影响的一种形象的比喻。后来西藏佛教宁玛派的“大圆满法”和噶举派的“大手印法”，都吸收了禅宗顿门的某些思想。

三

松赞干布时期是佛法正式传入藏地之始，至赤松德赞当政时期，才是（藏传）佛教在藏地初步本土化时期。他与显宗大师寂护和密宗大师莲花生的合作是藏传佛教史上不得不说的故事。他是藏传佛教里第一位得到完整显密教法的人（显密合一获得成就的人）。

赤松德赞晚年将王权交给儿子牟尼赞普，隐居山洞虔心修行。藏人认为他是文殊菩萨的化身，将他与莲师、寂护论师尊为“师君三尊”——即两位高僧大德（师）和一位藏王（君）。

这三位特别杰出人物，被称为“堪洛却松”，“堪”是堪布阿阇黎寂护，“洛”是阿阇黎莲师，“却”是藏语“却杰”的略称，意为“法王”，指国王赤松德赞。“松”是藏文数字“三”的音译。

“堪布”为藏语，有多义，在戒律中译为亲教师，此处有宗师、法主之义。堪布等同汉地寺庙的住持。“阿阇黎”戒律中译为轨范师，此处意为师长，是对通晓三密的上师的尊称。

赤松德赞身后，其子牟尼赞普即位为第39代藏王，这位藏王在即位之后不久被自己的母后毒杀，按惯例应该由其二弟牟茹继位，轮不到最小的赤德松赞。但是由于牟茹有罪在身被流放在外，执政大臣做出“三满意”的决定。当牟茹流放期满返回时，其弟赤德松赞早已执政，是为第40代赞普。

佛教在藏地获得绝对的优势之前，佛苯之争从未停止过。基本上，松赞干布之后的吐蕃王朝历史，就是一部佛苯斗争史，伴随的，常常是血腥的杀戮和倾轧。

自一代强雄赤松德赞过世之后，曾兴盛一时的桑耶寺也日渐凋敝，是赤德松赞恢复了桑耶寺的供奉，还扩建大昭寺的庭院，将“惹萨”正式更名为“惹萨赤朗祖拉康”（羊土神变经堂），以强调其神圣。

赤德松赞任命僧人为“大论”（僧相），直接参与国政事务的管理。为了使这种制度合法长久化，赞普在吉曲河南岸建立了一座小小的杰德噶琼寺，召集臣属集会盟誓，亲自将盟文刻石立碑于神殿之前，严申誓言，敕令后代子孙不得违背——可以说，西藏政教合一的制度是在赤德松赞执政时期奠定的基础。而“拉萨”这个名词也是第一次出现在碑文中。

赤德松赞的儿子赤祖德赞，又名“热巴坚”（意为长辫王），是吐蕃的第41代赞普，他也是在藏传佛教前弘期起到重大作用的第三位藏王。藏人感念他的功绩和恩德，将他和松赞干布、赤松德赞并称为“祖孙三法王”。

常言道物极必反，数代赞普对佛法的狂热扶持，导致当时的僧人数量激增，戒律败坏，不事生产的人太多，已经影响到社会的发展和安定。

极端崇佛的赤祖德赞在喝醉酒后被谋杀。信奉苯教的大臣随即拥戴赤祖德赞的弟弟、支持苯教的朗达玛即位。朗达玛一上台，就开展了大规模的灭佛运动。

朗达玛为第 42 代赞普，亦是吐蕃王朝的末代赞普。朗达玛因禁佛而被刺身亡后，王妃们各拥其子，各方势力对峙，吐蕃王朝终结，统一局面不复存在。随之而来的，是豪强割据的混战时代。

政治中心他移，拉萨自此沉寂数百年（约从九世纪下半叶至十四世纪）。元代有萨迦政权兴起于后藏，明代有帕竹政权兴起于山南乃东。

拉萨的再度繁荣，多半是凭依了一个人——黄教的创始人，宗喀巴尊者。这位少小出家的青海僧人，先拜各教派高僧为师，游学西藏各地许多年后，以其学识和德行，宗教改革家的身份声名远播。他开宗立派，名为“格鲁”，意为“善规”，以其重学问、重戒律而著称。

格鲁派在后弘期阿底峡尊者所传的“噶当派”基础上发展起来，又称“新噶当派”；因僧众头戴黄帽而被俗称“黄教”。至此，藏传佛教的四大教派——宁玛（红教）、噶举（白教）、萨迦（花教）、格鲁（黄教）全部出现。

在当时的帕竹政权和拉萨地方势力支持下，宗喀巴尊者于1409年在拉萨大昭寺举办万人大法会，展开诵经和辩经等诸多活动，史称“传昭法会”，是日后一年一度正月祈愿法会之始。此后不久，格鲁派兴盛，相继兴建甘丹、色拉、哲蚌三大寺和日喀则的扎什伦布寺。

时局稳定之后，拉萨作为藏地宗教文化中心率先复兴，但此时距离它成为政教合一的权力中心，尚有两三百年的长路要走。

那要等到另一个人，被称为五世达赖的贤者出现。

柒

原来你也在这里

一

藏历的十一月有个“仙女节”，每到这一天，身在藏地的女朋友们都在秀美丽的藏装和讨到红包时开心的样子，真是羡慕死我了。

想我在拉萨晃悠了这么多年，每次都能准确错过仙女节，也是怪佩服自己的！没有偏财运的人哪！

仙女节呢，顾名思义是个属于女性的节日，很多少数民族都有。藏地的风俗是这一天，女生可以向认识或不认识的男生讨要红包，男生多少都要意思一下，有点像广东地区新年时未婚的人向已婚的人讨利是的风俗。

红包不在大小，在于心意。藏地的女孩，历来普遍都是很勤劳辛苦的，这一天，除了让女生开心，也有提醒男生尊重爱护女生的意思。

说起仙女节的起源，就不得不提到藏传佛教（尤其是格鲁派）一位顶顶重要的女性护法神——“班达拉姆”。“班达拉姆”亦称“吉祥天母”，她原是印度教的女神，后被降伏，转成佛教的护法神，是女相护法神之首。她骑着骡子飞行于天上、地上、地下三界，又有“三界总主”之称。

传说自松赞干布时代起，吉祥天母就被迎请，降临雪域，成为大昭寺、拉萨城的守护神之一，后来她也成为班禅和达赖喇嘛的护法神。

班达拉姆一般有两种化现：一种是呈寂静像，显现为一位文静、端丽、高贵的女神，人们习惯称之为“白拉姆”（“拉姆”是藏语“天女”之意）；另一种则是呈忿怒相，显现为蓝色法身，头戴五骷髅冠，橘红色头发竖立，这个忿怒相被称为“白巴东赞”。若有人提点，你就会知道，忿怒法相的每一处细节都有其深刻特别的宗教寓意在。

我一开始在藏地的寺庙转悠，看班达拉姆的壁画或唐卡觉得很吓人，后来见得多了，反而觉得萌萌哒，经常有“原来你也在这里”的亲切感。再后来，认真学习法教，了解寓意之后就升起了对法和护法神的敬畏和尊敬之心。

在密宗的法脉里，班达拉姆是一位极为殊胜的、出世间的护法神。格鲁巴的转世系统里，每当上一世的班禅和达赖喇嘛圆寂之后，除却上师生前留下的已有线索，寻访灵童至关重要的一环是遵循极为严谨的宗教仪轨迎请护法神降临。

高僧们要前往山南加查县的“拉姆拉错”（“错”即是藏语“湖”的意思）观湖，获得神启——“拉姆拉错”由此成为格鲁派的圣湖。

拉姆拉错是一座方圆不到一公里，形似头盖骨的小湖，相传是吉祥天母的头盖骨所化。我曾只身前往山南，朝觐此湖。从旁边的高山上望下去，千真万确就是一个头盖骨的形状。这段朝觐的经历以后再说，先说一些有趣的传说。

不晓得出于什么原因，在藏族人的民间传说中，班达拉姆成了一个性格霸道乖僻的老太太。她有三个女儿，大女儿乖巧又孝顺，懂事又听话，自然生得美丽非凡，人们称她为白拉姆。“白巴东赞”成了二女儿，长相一般，性格却要叛逆一点，瞒着自己的母亲和赤尊赞神发生了感情。

传说赤尊赞神是护送文成公主和等身佛像进藏的一位护军，是一名汉人，死后被封为赞神（在护法神里级别比较低的，属于世间的护法神）。

顺带说一下，根据莲师入藏时定下的规矩，护法神在藏传佛教中是没有定额的，只要有需要，名额就可以增加，属于编外人员，藏语叫“却迥”，分为出世间的护法神和世间的护法神。班达拉姆是出世间的护法神，而赞神、土地等都属于世间的护法神。

班达拉姆很不满意这事，不知道是因为女儿早恋，违背了她的教诲而生气，还是瞧不上这位级别低的护法神女婿。她对二女儿严加管教，将赤尊赞神赶出了大昭寺，勒令这对情侣一年见一面。

不管什么原因吧，这对苦命鸳鸯成了藏族版的牛郎织女，每年能够见面的日子就是仙女节这一天。

这一天，大昭寺的僧人会把“白巴东赞”的护法神像请出来，绕大昭寺巡游一周，然后把她背到拉萨河边，与河对岸的赤尊赞神相见（赤尊赞神被赶出大昭寺后就迁居到拉萨河对岸的寺庙里）。僧人们会将赞神像也请出来，和白巴东赞隔河相对，相处一段时间。

也有传说，赞神原本是班达拉姆的丈夫，班达拉姆对他不满意，就把他赶出了大昭寺（具体犯了什么错不知道……）。

赞神打不过她，只能流落在外。夫妻分居之后，一年只见一次，似乎有和好思念之意，然而并没有。

这么多年过去了，赞神也没有被准许回到大昭寺。

我第一次听到这些传说时，笑得打跌，默默为怕丈母娘（老婆？）的赞神掬了一把同情泪。倒插门汉子不容易呐！又默默觉得西藏的僧人真是有人情味。人肉喜鹊！赞赞哒！

再说到班达拉姆的小女儿，这位名叫“东苏拉姆”的姑娘。传说中，这位小姑娘好吃懒做，游手好闲，被霸道老妈赶出家门，无家可归，只能游荡于外，沦为乞丐。她习惯蹲在八廓街的东南角。所以在那里有一面东苏拉姆墙，路人经过的时候会撒上一把糌粑，或抹上一把酥油，作为对她的施舍。

这些民间传说没有任何宗教依据，也经不住推敲，故事有太多不合情理之处。别的不说，女儿叛逆固然不对，老妈霸道难道就对了？

再说了，女神的女儿混得再次也不至于沦为乞丐吧。不过，这倒是朴素地反映了藏民孝顺父母的传统，以及因果报应的思维（然而，在这个故事里，愚笨如我确实没太体会出来……）。

只能借用周董的一句歌词“听妈妈的话……”，重要的事情说三遍！

二

关于班达拉姆的传说，我个人比较喜欢的是另一个。

公元 842 年，吐蕃王朝的末代赞普朗达玛进行了大规模的灭佛运动。巧合的是，朗达玛灭佛与唐武宗灭佛的时间相差无几，残酷程度不相上下，其间也许有特别的因缘，但你我，不能全然了知。

朗达玛灭佛不是传说，是史有记载的。朗达玛灭佛固然不对，在佛教中却没有一味指责，反而留下了一个令人深思的传说。

很久很久以前，有一个地方住着一些佛教信徒，他们为了表示对佛的虔诚，给自己积福德，决定在山坡上建造佛塔。在施工过程中，自始至终为佛塔驮运石块的就只有一头可怜的牛。当佛塔竣工时，这头牛已经累得骨瘦如柴，奄奄一息。

当时那些建造佛塔的人，只顾着为佛塔开光庆祝，没有人注意这头悲惨之极的老牛。这头老牛心中愤愤不平，在断气之前立了一个恶誓："我今世为牛，被佛教徒如此凌虐，来世我若能转世成手握生杀大权的人，定要将佛教毁灭。"

不知经过了多少劫，等到业果成熟，这头冤死的老牛转世成赞普，于是就有了朗达玛灭佛。

我心里一直记得这个传说（也许它还有其他类似的版本，但寓意是相似的）。朗达玛灭佛，给当时卫藏地区的佛法带来的打击无疑是毁灭性的，然而，在后来的传说中，这却成了佛教徒自我反思的契机。

“往昔所造诸恶业，皆由无始贪嗔痴，从身语意之所生，我今一切皆忏悔。”

我深信因果法则，更喜欢佛教的宽容和自省。通常，我们只看到眼前的恩仇得失，着眼别人给我们的伤害，却不曾反思我们在眼前当下或是无量劫前曾犯下的过失。

他也曾深受伤害，背负着前世的怨怒而来。他在施行报复时，自身也是痛苦的，没有人会因为伤害别人而获得真正的快乐。

当我们在面对一个人的嗔恨时，我们要学习将他和他的嗔心区别开来看。

言归正传，在那诸神沉默的时代，眼看着佛法在雪域就要消亡，有一位在深山苦修的僧人拉垅贝吉多吉（法名吉祥金刚），行智计行刺了朗达玛。

据说，他之所以能够下定决心去刺杀朗达玛，是因为班达拉姆化作一位妇人前往他修行的山洞点化他——谢天谢地！班达拉姆终于不是传说中那个性格古怪的老太婆和暴虐的妇女了。

得到吉祥天母的启示，贝吉多吉将白马涂黑，准备了一件外黑里白的披风和一顶外黑里白的帽子，他将脸涂黑，怀藏弓箭，前往拉萨。到拉萨后见一人便问："你知道赞普在哪儿吗？"那人指着大昭寺方向说："赞普正在寺前观看唐蕃会盟碑文呢。"

贝吉多吉一边低首为礼，接近朗达玛，一边默祷本尊护佑，为众生射杀此魔头。这是藏族版的"荆轲刺秦王"，与荆轲的功败垂成不同的是，朗达玛中箭身亡，而贝吉多吉凭借高超的反侦察技术趁乱逃脱了。

他逃亡时经过河流，河水洗去白马身上的黑色，他将黑色披风和帽子反着穿戴，来时黑人黑马，去时白人白马，行如疾风，侍卫忙乱之中根本无法认出这位冷静从容的刺客。

贝吉多吉虽是苦修僧人，行止却大有李白《侠客行》中所描述侠士的风采："银鞍照白马，飒沓如流星。十步杀一人，千里不留行。事了拂衣去，深藏身与名。"

当我们真正理解这个传说时，会发现它深藏的寓意："神灵"只能给你启示，为你指出解脱的道路，何时启程，如何救度自己，却只能由你自己决定。

没有起死回生的甘露，没有受即解脱的密法，没有法力无边的上师，没有花样百出的坐床，只有如实如法的教义——源自希有世尊释迦牟尼。我们要牢记，他是觉悟者，不是神。

他指出的道路，光明正大，却注定是一条独来独往、孤身犯险的路，是一条少有人走的路，是真正的勇者之路。

三

似惊雷之后，雨夜漫长。

贝吉多吉刺杀朗达玛成功，阻止了形势的进一步恶化，挽救了无辜生灵，却无法阻止吐蕃王朝的分裂衰亡，盛极一时的吐蕃王朝自朗达玛死后分裂为大小不等的割据势力。

这样混乱了近百年，直到逃亡阿里地区的吐蕃王子，在此建立阿里王朝，迎请阿底峡尊者入藏，佛法在藏地的传承又重新接续起来。这一时期又称“后弘期”。

藏传佛教史上一般把松赞干布时佛教传入吐蕃，到郎达玛禁佛这一时期，称为“前弘期”。因为前弘期佛法已经在藏地深入人心，而朗达玛灭佛逼迫僧人逃亡各地，深入民间，客观上加深了佛法与民众的融合。因有这样深长的因果，佛法才能在日后的藏地重新发展。

关于班达拉姆的最后一个传说，也跟后弘期阿底峡尊者有关。阿底峡尊者被仲敦巴尊者迎请入拉萨时，路遇一个十多岁的小女孩，女孩一见尊者，即供养了身上全部贵重的财物——当时阿底峡尊者在藏区声名不显，与女孩的父母也不认识。

女孩的父母不明就里，将其痛打一顿，女孩痛苦委屈之下，投河自尽，却被河水托上岸。乡人见其投水不死，误以为她是妖孽，将她处死。

阿底峡尊者闻此惨事，以神通示现此女为吉祥天母的化身。此时愚昧的乡人才知女孩是吉祥天母为护持佛法所作的示现，遂建寺将女孩的肉身供奉起来，就是现在拉萨贡嘎机场附近的谢竹林寺。

这尊天母化现的肉身像自然收缩为一肘高，形如五六岁的小女孩，呈度母坐姿，是藏区迄今唯一尚存的肉身像。

她在人间光阴短少，亦未享到足够的温暖，那个被供奉着的肉身像略显凄清。环境绝美的小寺庙，给我留下的印象极深——即使是在西藏这样深受佛法教化的地方，也不免时时有违缘的事情发生。

烈日灼心，我看着那尊班达拉姆的肉身像，好想对她说：“原来你也在这里啊！请你继续护持佛法，不计前嫌地守护着我们这些沦陷在无明里的人吧！”

一定会醒来的，一定会。

捌

桑耶桑耶

那一次去青朴桑耶，是临时起意。

诚然，青朴和桑耶在我心中都存在很久了，像一卷未显像的底片，等待我去开启。

一个是藏地久负盛名的苦修之地，一个是藏地第一座三宝俱全的寺庙。我知道是肯定要去，但我一直以为我们会像以前的人一样，坐着简陋的船，横渡雅鲁藏布江宽阔起风的水面，慢慢靠岸，慢慢抵达。

那天早上还在尧西喝茶，藏族的小妹曲珍站在我身后帮我梳头发。朋友打电话给我，说：我们一会儿开车去青朴，你走不走？

我想了两秒，说：我要去，你过来接我。然后我抓起墨镜，对曲珍说：我一会儿出门一趟，后天回来。

曲珍问我：阿佳（姐），那你早饭不吃啦？

我说：嗯，中午到桑耶再吃吧！反正现在一肚子酥油茶。

如此，托了现代交通工具的法力，我迅疾地从拉萨移动到了桑耶。

直到中午我坐在桑耶寺旁边的茶馆啃着花卷，喝第二壶酥油茶的时候，我还觉得是有人对我施了法术。也许就是莲师吧！他知道我要来看他。

桑耶寺近在咫尺，我抬头就可以看到它的金顶，还有阳光下的白塔。这里是桑耶啊！藏地第一座佛法僧三宝俱全的寺庙，是藏王赤松德赞、堪布寂护、莲师三人合力建起的殊胜之寺啊！

传说当年藏王赤松德赞发愿要建此寺，为解藏王的迫切之心，莲师施展神通，在掌心变幻出了寺院的幻影。赤松德赞一见之下惊呼出声："桑耶！"（没错！就是那种出乎意料惊奇的语气。）

虽然奠基之时被寂护大师断为吉兆，但桑耶寺从确定修建到实际修成仍然困难重重。鉴于当时佛苯之争十分激烈，人们传说桑耶寺在修建过程中屡遭苯教驱使的吐蕃本土神灵（非人）的破坏，神通广大的莲师一怒之下请天人来帮忙。

呃……这是双方都有帮手的意思喽。

总之呢，当时的佛教势力暂时要更胜一筹，于是历时十二年，桑耶寺得以严格按照佛经里的仪轨顺利建成。桑耶的主殿上、中、下三层分别采用了藏式、汉式、印式，反映了三种文化的融合。桑耶寺于公元775年建成，寂护大师在此为藏地的首批出家人——吐蕃王朝的七位贵族子弟受戒剃度出家，史称“七觉士”。

藏王又建了三大译场，组织青年学习梵文，请印度、于阗、汉地的外来高僧合作翻译了大量佛教经论，建立了法宝；又度僧出家，成立僧团，建立了僧宝，三宝俱全。自此，佛教在吐蕃才算是正式地建立起来了。

除了修建桑耶寺，关于藏王赤松德赞、堪布寂护和莲师三人呢，还有两个不得不说的小故事。第一个是在很多世之前，他们三位投身为尼泊尔一个老婆婆的儿子，家境贫穷，但三兄弟虔心向佛，发愿要修建佛塔，所修建的，就是现在尼泊尔的博达哈佛塔。由此因缘，三人来世又齐聚雪域弘传佛法（这当中当然还有其他善因缘的聚集，比如迎请寂护大师的使臣桑希等，也是往昔发愿要来雪域弘法之人）。

另一个故事呢，是说赤松德赞在修塔时无意间拍死了一只蚊子，这只蚊子后来转生成为藏王的公主，因为夙世的因缘，赤松德赞对她极为钟爱，公主得病之后藏王心急如焚、悲痛欲绝，带她到莲师面前哀求。

莲师对藏王细述前世之事，感慨因果业力法则之真实无虚，毫无遗漏。赤松德赞以菩萨之身，无意中杀生还要承受果报，何况凡夫?

莲师又为公主授记，在她的顶轮、喉轮、心轮种下种子字。公主随之安然往生，依次缘起，日后转世为宁玛派的大成就者龙钦巴。

阳光盛烈，我眯着眼睛跨过门槛，走进寺中。一如既往地，转经筒边有很多本地人，男男女女，老年人、年轻人都有。

我喜欢看到藏族的年轻人陪着老人一起转经，手捻念珠，口诵真言的样子。这是另一种意义上的传承和陪伴吧。

藏族的僧人们总是显得随意，坐着或站在那里看着人群，或是自在地走来走去，还有几个说笑打闹的。

我走进转经的人群，和每一个经过的人互道“扎西德勒”，还有“妥及其”。是因为每天都要说上无数次这两句话吧，我的藏语词汇中，这两句的发音真是出奇地标准。

沿着转经筒走了一圈，我走进了大殿，又上了二楼。在楼上，有一位僧人朝我走来，时至今日，我已经记不清他的脸，但他朝我走来的样子我一直记得。走廊很长，阳光落在他身畔，他像是突然降临的那样，微笑着朝我走来。

他自发成为我的导游，领着我四处参拜完，又领着我去看墙壁夹层中的壁画。我们打着手电细细看，光线太暗，地方狭小，再加上年久剥落的残损，大多数还是看不清楚的，只知道这满墙所绘都是《佛本生经》，讲述的是释迦牟尼一生求法成道的故事。（他汉语烂，我藏语更烂，但神奇的是，我还是听懂了……）

我念诵着释迦牟尼心咒，那僧人微笑看我，末了又拽我上三楼，指点我看本尊。好吧，幸亏我平时也注意了解一些，不然就我们俩这沟通水平，实在不知道会岔到哪里去。

大多数的密宗本尊都是被遮住脸的，他比画着对我说。我理解到了，说：额来赛（音译，我知道了的意思），是怕吓着游客，对不对？

他很开心地做了个鬼脸，说：哦呀！

我心说，那你还拽着我来看，我看起来胆子很大吗！（好吧，确实是不小。）

前年去阿里，在托林寺，也是差不多的际遇。本来是普通的拜佛，中间都会杀出一位僧人，自发给我当导游，把各个门都打开，让我进去拜。托林寺是按坛城的仪轨建成的，他坚持带我走完，末了还拿出很多以前的旧物（木雕、经书）给我看，热情地允许我们拍照，硬生生把二十分钟的参拜，拉长成一个多小时。

最关键的，是这些僧人，都不是为了钱、为了供养才这么做的，陪完我之后，他们就迅速消失了。我连他们的名字都来不及知道。

是的，这是很好的缘起和福德。我一直铭记于心。

从桑耶寺出来，我们去寺旁的招待所开了房，是很普通但很干净的房间。我坐在床边，心满意足地想，很好，桑耶寺就在我身边……

在这个简陋的、看得见寺庙的房间，我看见暮色渐渐淹没了窗台，听到黄昏时分群鸟低飞的叫声，一切慢慢地趋于阒寂。

我走到外面看了一会儿星空，回来洗漱，一夜安眠。

很多时候，我都是一个怀揣心事的旅人，但在这里，我找到了归家的宁静。

第二天一早，开车去镇上买了些生活物品，这些都是要送到青朴山上去的。如密勒日巴尊者一般穴居在山洞中坚持苦修的修行人，无论你们证悟到什么，我都随喜你们的功德和毅力。我愿意尽我的绵薄之力供养你们。

车开到不能开的地方，朋友对我说：接下来的路要走上去，你行吗？

我眺望着淡蓝色的群山，看着山上隐约的庙宇轮廓，说：没问题的。

旁边帮忙搬东西的藏民说：我们背你吧！说着就有两个人上

来帮忙，准备把我放在那人的背上。

我说：不用，真的不用，我可以走的。

推托几次，他们看我意志坚决才作罢。

现在想起来，那段路感觉也不是很长，走起来出乎意料地轻松，一路上总有藏民要来搀扶我一把，不断用藏语说：科里科里（慢慢走）。

我想着这山是莲师修行过的地方，想着无数修行人曾在这里苦修，真的觉得一点都不累。

上有云雾聚集，下有小溪蜿蜒，高山河谷吟唱着妙音，这地方的善妙功德不可思议。苦修者将这山上的岩洞视作无上的福地，一座遗世独立的宫殿，在此可以成就最高贵圆满的事业，无须顾念世俗的荣耀和享乐。

路上随处可见玛尼石和清澈的小溪，鞋履半湿，溪水清凉，我们像未经世事的孩童，内心雀跃。休息的时候，我们坐在大树树荫下，仰望着碧蓝晴空，这是独属于高原的清澈和宽广。

仰头见流云朵朵，不远处牛羊闲游自在，野花零星开在草甸上。四下是森林散发出的木香，被午后的阳光蒸腾着，香气甜美而馥郁。那一刻心明眼亮，心底空无一念，觉得处处是空，处处都是新的。这避世隐居的美妙，即使是偶尔邂逅享受，也足以令人念念不忘。

到了山上才开始下雨。阿尼为我们煮面，极简陋的厨房，极普通的挂面，用高压锅随便煮起，没有青菜，更没有什么浇头，只找到有一瓶快见底的老干妈，嗜辣如我用水冲了冲瓶子，倒在碗里，吃得很是香甜。

那是我记忆中，最好吃的面之一。

我看着阿尼在厨房里忙碌，看着她们忙碌之后拿起念珠，坐在炉边念经。

暮雨淅沥，在这寂静的山上，就着微弱的炉火，我们彼此微笑凝视，未有几句交谈，只是她们会不时起身为我们续茶。

她们的脸我记得很清楚，并不年轻，但有羞涩的微笑，有纯净的眼神。

也许是从那个时候起，我觉得会有一天，能让她们受到更完善的佛法教育。

随后见到她们的师父，是一位不显名声的老僧人，但扎实地，是一位修行人。我请教他关于禅修打坐的问题。他笑着用不流利的汉语说：乱是正常的，正常的。

是啊！打坐时的乱念迭起是正常的，人生的颠乱是正常的，而我们要做的，就是突破这种看似正常的乱啊！

因为乱，我们不能静下心来修行。因为乱，我们只争朝夕地给自己添置了许多不必要的行李。我们像蜗牛背负着这些前行，即使明知在生命的尽头要扔掉所有家当，包括这残损肉身，只身上路，但又有几个人敢从一开始就两手空空地启程？

大勇者稀啊！

老僧人和他的觉姆住在山上简陋的房子里。从年轻时，他们就是不被认可逃离家乡的一对，一起流浪乞讨，直到到了青朴，一起修习了佛法，一起从年轻走到了暮年。年轻时，他们住在山上的洞穴中，直到近几年才搬到稍微平坦一些的地方来住，然而这住处也简陋得可怜。

雨停了，我们在山顶上看落日，像红尘一般哀艳的色彩，复杂壮丽得让人失语。这一刻我们都仿佛是命运的宠儿，享受岁月真诚慷慨的赐予。

下山时，你走在我前面。你的背影像涟漪一样消散在那暗蓝色湖水般的暮色中，我像湖面上月亮的倒影，默默追随。

直到星河满天，直至人间路尽。

你是我遗落在尘世间的信仰。你知吗？

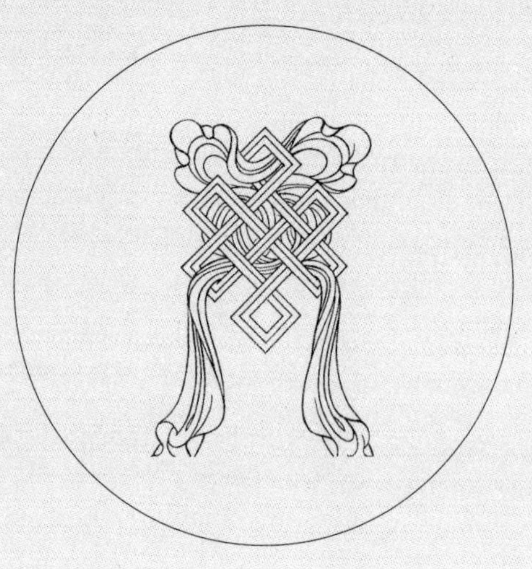

玖

古格古格

一

阿里我去过两次。第一次是 2008 年，我的本命年。传说本命年转山会得到庇佑，那一年，我的运气着实不错。第二次是 2014 年，马年。

冈仁波齐山神属马，马年是他的本命年，藏人传说在马年转山一次抵得上寻常年份转十二次。

两次我们都要去冈仁波齐转山，也都要去到古格王朝遗址。

第一次去的时候，虽然对古格王朝在藏传佛教历史上的地位并不是十分清楚，但看到扎达土林和古格王朝遗址还是觉得很震动。

扎达土林是古大湖湖盆及大河河床经漫长的流水侵蚀形成的高原地貌——土质莽林。我还记得第一次看到土林的情景，时近黄昏，落日的余晖渲染着土林。那些从湖底显露的岩层形态各异，各具灵性。美得出人意表，艳绝尘寰。

我看到一座座碉楼，一座座寺庙，一座座佛塔，一尊尊佛像，在夕阳的映照下，诸佛不语，众神缄默。

车行在土林，真的像进入了《魔戒》里的世界一样，比那更震撼的，是它带给你的沧桑之美，是千万年来漫长时间所赋予的漫不经心却又极致的美。

我趴在车窗上，特别俗气地反复感叹着：大自然的鬼斧神工啊！朋友笑我说：你一作家也就能说出这样的话啊！

我说：嗯哼，作家看到这风景也词穷啊！

在绝美的风光面前，人就像被敲蒙了，所有言语的抒情和雕饰都是苍白无力的，都是后来想起来添加上去的。

自然本身可以比我们形容的更美。

我是多么欢喜！此刻和你一起开车穿行在土林里，一路颠沛，风尘仆仆，心无倦意。

我们像寻宝的商客，也像归家的牧人，慢悠悠走着，纵然前途还有艰难险阻，也许我们最终都不能到达目的地，但有这样同行的风光，有这样的朝夕相伴也不枉此生了。

2014年再访古格，那神奇和壮美的震动依然在，却多了几分熟稔——无论是对遗址，还是对古格王朝七百年的历史……

那天坐在遗址的顶层看落日。落日磅礴，风势峻烈，仿佛一场鏖战后的硝烟，还未休止。

我一边看落日，一边和朋友聊天。我说我历来喜欢的意境，要么就是雪山大漠，一望无垠，要么就是京都的一庭枯山水，幽坐其间，思接千里。

江南人居虽美，我却嫌闹。未染尘俗的江南，如梦清灵，一旦沾染人间烟火，就让人倦怠、压抑，这样的日子久了，整个人都会发皱，生锈。

朋友叹了口气说：你喜欢的境界，山如须弥，人如芥子。至大无外，至小无内，都有一个共通点，那就是绝了人迹。

他这一句点拨如拨云见月。我当下心里震动。

有时候，我们对自己的心也未必能全然了知，须得这样的热聊，如沸水缓缓浇于寒冰之上，渐渐显出本来面目。

即使是在少年时，我心里也始终住着一个老眼阅世的人，她看世间热闹，却未曾真心向往过这种热闹。江南确是热闹的，宁静只是人的误解。那烟火人家的琐碎，未曾亲历是很难说得清滋味的。

我知道大多数人都是那样过完了一辈子，他们也会目送着自己的后人继续过这样的日子，习以为常！但我就是不愿，隐隐还有疏离，厌离。

现如今，我终于可以坦然说，我钟情的地方，是草原，是大漠，是没有那么多世俗人情牵绊的地方。我于江南，终是过客。

即使要老去，也要找个清净的地方，一蔬一饭过着自己的日子，不要有那么多亲眷来探听喜好、指点人生。

我喜欢坐在古格的沙砾上，看着眼前那看似一成不变的风景，残艳如故人音信。

岁月如歌流淌，时光尘封了太多或浪漫或凶险的故事。古格王朝七百年的兴衰沧桑，一夕之间的覆灭，谁又说得清因果？人所执信的功业，在莽莽的时间面前，在变化多端的无常面前，又算得了什么？

如精心养护的鲜花，一夜之间被飓风折损；如孩童的沙堡，转眼被海浪倾覆。有过例外吗？一次一次，我们看到的真相，莫不如此吧！

那么，是否还需要努力、坚持、精进呢？答案是肯定的。

佛法让人知晓诸法皆空相，世间事如梦幻泡影，教人破除执着，而非让人束手束脚，百事不为。空不是虚无。空是变化，是一切事物存在的本质。该发生的会发生，该消失的，最终都会消失。

我在古格的朋友，那位一直照看着遗址的年轻人，2008年以前，他就在那里的，现在他还在。

他带我转完了古格遗址，领着我去看废墟里的壁画雕像。我看到依旧鲜丽的壁画和残损的佛像。那些有显著的印度波罗风格的壁画与犍陀罗风格的佛像，腰肢轻软，体态婀娜……即使是模糊残件，也有强烈的美感。

可以想见，当年王朝全盛时，这王宫是多么金碧辉煌，犹如梵天的宫殿。身在其中的人，又该有多么沉醉和自得。

与王宫的巍峨壮丽形成鲜明对比的是，王宫的遗址底部散落着怎么看怎么简陋的洞窟，据说以前的人就住在这里……考古者曾从里面挖掘出战争时留下的干尸。

往昔的古格已如巨舰沉落海洋。

成住坏空，诚不我欺啊！这个曾经开启了藏传佛教后弘期，诞生过重振佛教的国王和大译师，吸引过印度班智达和葡萄牙传教士的古格王朝，覆灭后只留下了大量的废墟、石窟，以及托林寺的壁画塑像、法器经书……

被风沙覆盖，被发掘，又再被风沙覆盖……如此循环反复，仿佛轮回。

回味起来真叫人伤感又惆怅。

我们的历史，通常是在自然中自然地、漫不经心地破败下去……

二

古格的历史还要从头说起。

公元九世纪后期，随着吐蕃王朝末代赞普朗达玛的灭佛运动，西藏佛教的前弘期也随之结束。朗达玛被僧人拉隆·贝吉多吉刺死之后，吐蕃王朝土崩瓦解，境内随即爆发了声势浩大的平民大起义。其后诸侯割据，盗匪横行，此起彼伏，争斗不断。从吐蕃王朝覆灭（公元 877 年）到十世纪后弘期开始之前，有接近百年的时间被称为“黑暗时代”。从十世纪到十三世纪这一段漫长的时间，亦被称为西藏历史上的“分治时期”。

朗达玛的两个儿子云丹和维松争夺王位，自相残杀。云丹据拉萨，建立了拉萨王系；维松被排挤到约如（山南东部），王位很不稳定。约公元 930 年，维松的孙子吉德尼玛衮走投无路，率领三名大臣和一百名士兵，逃亡到藏西（阿里地区）。

他们来到玛旁雍错湖边，圣湖沉静以待，远处的神山冈仁波齐傲然伫立，神山圣湖以本来面目迎接这群略显狼狈的外来者、逃亡者，没有鄙视，没有轻慢。

吉德尼玛衮派出三名大臣，分头考察各地。从布让（普兰）回来的大臣说：那里的土地被雪山环抱，那里的居民像罗刹一样凶蛮。从古格（扎达）回来的大臣说：那里的大地被岩石包围，那里的居民像绵羊一样驯从。从玛域（拉达克）一带回来的大臣说：那里是积满水的沼泽，那里的居民像青蛙一样生活在水里。吉德尼玛衮率众先到普兰，幸运地受到当地头人扎西赞的优待，招他为婿。他展现出王者的魅力和能力，在此开辟商市贸易，发展经济，不久用武力征服了其他几处，这片土地因此称为"阿里"（意为领土），表示是吐蕃王室后裔吉德尼玛衮的领地。

吉德尼玛衮生了三个儿子，他去世前，将自己的领地一分为三，分封三围，三个儿子各辖一地：长子贝吉衮，统治湖泊环绕的拉达克；次子扎西衮，统治雪山环绕的普兰；幼子德尊衮，统治岩石环绕的古格。这就是著名的"三衮占三围"故事。所谓阿里三围，就是把阿里地区分为拉达克、古格和普兰三部分。今日的阿里地域概念，也是由此演变而来。

如此，吉德尼玛衮的后裔在阿里地区形成了三支王系：拉达克王系、普兰王系和古格王系。

正是阿里地区这三个信奉佛教的小国家，使佛法在藏地获得了复兴。古格国王从印度迎请阿底峡大师前来复兴佛教，被称为

“上路弘法”；而山南地区的另一个王室后代的小国派人前往安多地区迎请佛法，被称为“下路弘法”。

这里的“上路”“下路”的概念主要是从雪域高原地理位置和海拔上去区分的，以及因为印度是佛法传入的源头，因此尊印度传入的佛法为上路，就其本质而言，并无高下之分。

吉德尼玛衮的小儿子德尊衮统治着象雄（今扎达县），建立日后著名的古格王朝。当时藏地的佛法经教、论理、口诀等仪轨传承几乎完全中断。时当乱世，僧侣在讲学修习上常是各凭己意，揣测经论的意义。此时佛、苯二教几乎同时再度弘传，揭开了各自的后弘期。由于多种原因，双方的教法已经鱼龙混杂，难以厘清。

德尊衮及其子嗣崇信佛教，致力于推动佛教复兴。当时藏地的佛教七零八落，派别林立，为了重整秩序，建立权威，德尊衮之子松埃建造托林寺，挑选了二十一位聪慧少年去印度学习，其中十九人因水土不服病死，只有仁钦桑布和玛·雷必希绕学成回国，在松埃的支持下大量翻译佛经，重传戒律。

由于笃信佛法，松埃将王位传给弟弟，自己随仁钦桑布出家，取法名为拉喇嘛益西沃，因出身王族被尊称为“拉喇嘛”（神上师）。除却建托林寺，支持译经，益西沃晚年做的最重要的一件事是迎请阿底峡尊者来古格弘法。

鉴于当时阿底峡尊者在印度已经声名远扬，不是轻易可以请动的，益西沃决定率军出征邻国噶洛，劫掠一笔黄金作为延师费用，却不幸战败被俘。噶洛国王提出条件：要么益西沃改信伊斯兰教，要么古格凑足等身的黄金来赎身。

当时的古格王是益西沃的侄儿绛曲沃，他举国动员，筹措黄金，但黄金的数量还是只够赎回身体，无法赎回脑袋。益西沃对古格来使说："我已年迈，不必赎了，还是用这些黄金迎请阿底峡大师吧。"

他最终为求法而死。

古格王绛曲沃遵从益西沃的遗愿，派人带黄金去印度延请阿底峡。阿底峡尊者闻知此事后深受感动。尊者于公元 1040 年动身，1041 年到达尼泊尔，1042 年到达古格。在古格时，他主要住在托林寺。尊者在古格一住三年，讲经弘法，学者如云，一时阿里地区成为西藏的佛法中心。

除了讲经和翻译经典外，尊者还为绛曲沃写了一部《菩提道灯论》。这部著作是他针对当时西藏佛教界的弊病而写的，在西藏佛教史上占有极为重要的地位。

简而言之，是古格王朝开启了藏传佛教后弘期的序幕，推动雪域高原进入长达千年的全民信佛时期，延续至今。

正如噶洛的国王信仰伊斯兰教，而益西沃至死不改佛教信仰，处在诸多文明的交汇区，阿里总是受到多种文明的冲击。

阿里地区在藏民族的宗教史上始终扮演发源地的重要角色。先是古老的象雄王国（它的文明是藏文化的起源。它的疆域西起今阿里地区的岗仁波齐，是为上象雄；东至今昌都丁青，是为下象雄；横贯藏北的尼玛、申扎一带是中象雄），诞生了藏地最古老的信仰——苯教，虽然后来强盛一时的象雄被新兴的吐蕃王朝所灭，但苯教信仰却由吐蕃王朝延续下来，传遍全藏，统治了高原民族的精神生活上千年。公元十世纪，又是阿里举起复兴佛教的大旗……

象雄和古格最相似的，是它王国覆灭的迅疾和过程的神秘。导致象雄覆灭的原因是战争，而导致古格覆灭的直接原因，也是那次并不成功的、源自欧洲的天主教信仰推广所引发的战争。

1624 年，葡萄牙传教士安多德从印度来到古格，带来了欧洲的天主教。当时的古格国王扎西扎巴德为之着了迷，马上为他们修建了一座教堂，让王后及其仆人受洗，自己也准备受洗。安多德写信回总部，兴奋地汇报说："……国王、王后等达官贵人不仅对我们的东西表现出极大尊崇（似乎已经不能再大了），而且不停地嘲笑他们的教士（喇嘛）们的东西。他们对我们，对圣律的善美和纯洁，对我们的经文、斋戒、拯救灵魂的热忱，对我们诵经方式等的赞扬，已达到无以复加的程度。"

陷入兴奋的安德多神父一厢情愿地畅想着天主教在古格弘传的美好局面，也许还想推广到全藏区，却未料到这其中深层次的原因是，国王有意借新宗教的兴起来打压势力深厚的喇嘛集团，重掌权力。

安德多神父眼中的古老王国，当时已面临着严重的内忧外患。作为吐蕃王室的直系后裔，古格延续了崇佛的传统，僧人在古格的地位崇高，政治实力也不容小觑。与当年的吐蕃一样，随着王国的衰落和保卫疆土的需要，王庭与寺庙之间的矛盾日益尖锐。

国王出家为僧的同父同母的王弟扎达以及王叔得到卫藏支持，是古格寺院和喇嘛集团的领袖人物，在古格全境拥有不亚于国王的影响力。扎西扎巴德强烈地感受到王权所面临的挑战。

虽然大部分的宗教都宣扬真善美，然而，宗教与宗教之间的斗争从未消失过，宗教与世俗王权的媾和也从未干净过。

在最初建立天主教堂的时候，僧人曾经协助，并送来大量砖瓦，但当国王一意孤行颁布法令，强制性地令全民全方位地接纳天主教，而传教士们用诋毁和极力反对藏传佛教的方式来宣传天主教教义时，这种传播，终于引起佛教拥护者的不安。

在这个过程中，传教士们的怂恿和推波助澜对双方矛盾的激化起到了不容忽视的作用。与当年的藏王赤松德赞在佛苯之争中倾向佛教一样，此时的扎西扎巴德旗帜鲜明坚定不移地支持天主教，导致佛教僧侣在与传教士的辩论中一败涂地。

对古格有着深重影响、历史悠久的藏传佛教不可能一筹莫展，坐以待毙。为避免天主教招收教徒，以王叔和王弟扎达为首的喇嘛集团开始大规模招收俗民入寺为僧。此举严重地削减了古格王国正在进行的战事的士兵来源，国王十分恼怒，对王弟扎达加以严厉的警告和惩罚。军官被派到各地，用世俗权力取代了喇嘛集团的地方权力，并以十分激烈的手段，强迫喇嘛还俗。

1630 年（明崇祯三年），在安多德返回印度果阿行使大主教之职，而国王扎西扎巴德身患重病的时候，王弟扎达发动喇嘛和平民暴动，围攻王宫，还邀请拉达克国王派军增援。

他误判了。忘记了，在扩张疆土的欲望面前，久远的血缘关系已经淡薄得不值一提。

拉达克王亲率一支精良部队，抵达古格城下，与当地僧人联合形成包围之势。古格王宫建在山顶，易守难攻，但拉达克军队控制了山下的大部分地区，很容易让坚守不出的古格王室弹尽粮绝。

双方僵持数月，最后扎西扎巴德走出王宫投降，整个王室（包括传教士）都成为俘虏，被押回拉达克首府列城囚禁。国王被废黜，余生再也未能回到古格，而传教士逃回了印度。此外，所有接受过洗礼成为基督教徒的古格百姓也被押送到列城，成为拉达克人的奴隶……

以信仰为名同室操戈，导致延续了七百多年的古格王朝就此覆灭消失。因缘和合之物虽然看起来恒常，陨灭也是迅疾的。

拉达克随后占领了古格的属地托林、日土、达巴、噶尔等地，直到五世达赖时期，派甘丹才旺率领蒙藏联军收复阿里，设四宗六本，归噶厦政府直接管辖——后来又发生许多纷争，导致拉达克裂土而去，现被印度实际控制（但拉达克地区还是保留了浓重的藏文明的习俗痕迹，值得一去）。

时移世易，今人说的阿里三围，已经变成了普兰、扎达和日土。

“其兴也勃焉，其亡也忽焉”——任王朝来去，阿里高原依然冷峻、苍茫。也许在神山圣湖看来，人类只是任性顽皮的孩童，一厢情愿，不厌其烦地玩着成王败寇的游戏。

这些令人唏嘘的变化，我们怀念揣测的神秘文明，不过是冥冥中的弹指一挥、沧海一粟吧！

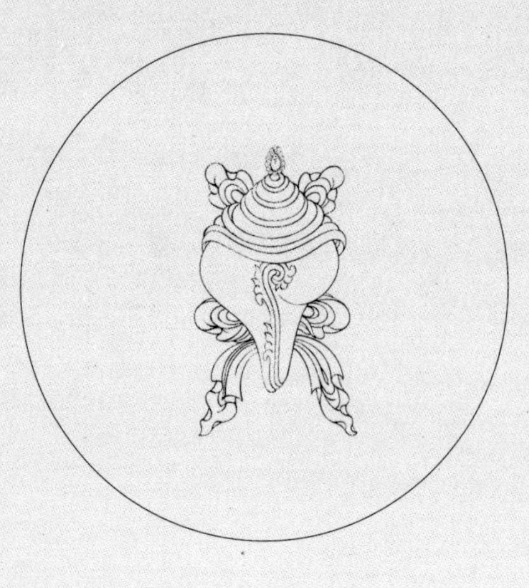

拾

冈仁波齐的月亮

有朋友准备去阿里转山，问我要攻略。又到了中秋，这不免让我想起我在冈仁波齐脚下看月亮的情景。

第一次去阿里的时候，是 2008 年，和几位好友一起，那时我还什么都不懂，跟在几位专业登山人士身后，乖得咩咩叫。

一路奔袭到冈仁波齐脚下，在一个简陋不过的房子里打尖落脚，几位壮士被几个闲得发慌的藏民团团围住，要跟他们喝酒聊天。辫爷陪着喝了一罐啤酒打发走他们之后，又神秘兮兮地掏出一个小瓶，对康老师说："来，尝尝这个。"

康老师警惕地看着他："这什么？"辫爷得意地说："醉生梦死啊！"这倒不是假话，那一年他正好在帮王家卫做《东邪西毒》的原片修复，墨镜王送了他这瓶酒，笑说这是醉生梦死。

然后，辫爷就留着这瓶酒，把它揣上了西藏，找他深爱的康老师陪他一起醉生梦死……

我没有喝。我说：就算真有醉生梦死这种酒，我也不会喝，但我会笑着看你们喝。

辫爷看着我叹气，说：你这人真没劲。

我晃晃手里的旺仔牛奶说：我喝这个，万一你们两位老人家一瓶下去啥都忘了，总要留个见证人。

那一晚不是中秋，是十月中旬的普通夜晚，门外风大得吓人，入耳似旷野狼嗥。不用看都知道，门外荒芜得寸草不生，只有风卷碎石，扑打嚎叫，嘶吼彻夜。在这样的高原，这样的夜晚，有被放逐世外之感。

跟在他们身边我觉得很温暖，很安全。

我们都是在很年轻的时候，就体验过很深的孤独的那种人，可能因为本身就在水里，反而要试着学会浮起来或潜下去吧！到后来，孤独反而成了老友，是一种安全的、熟悉的、相伴相知的存在。

穿着羽绒服，烤着火，我拨弄着牛羊粪，看着两个老男人喝酒，听他们聊天。我们的人生总有这样的夜晚，看似一无所有，实则应有尽有。又或者，刚好相反。

那晚具体聊的什么真忘了，只记得回屋去睡觉时，走过嶙峋小路，仰头看见月挂中天，是那样的清寒逼人，又澄澈明亮。平时在城市里看见的月亮都披着烟霭，有微黄的月晕，而那晚看见的月清明透亮，皎洁得令人心惊。

拉萨的月亮和内地的月亮不一样，这里的月亮和拉萨的月亮又不一样。也许是因为人越少，天越高的缘故，阿里高原的月亮是没有那么多人情牵绊的。

它，更像是禅者之心。

我看了一会儿月亮，觉得浑身冰凉，来不及再感慨和挖掘灵感，赶紧滚回屋钻睡袋里去了。

第二次在阿里看月亮是跟某人一起，倒不是有多浪漫，只是临睡前要去个厕所，要穿过院子，兜头迎面依旧是那一轮寒月。我对着某人喊：牛魔王，出来看个月亮噻！

某人一向很给面子，但也没看多久，原因还是一个字，冷！再说了，明早起来还要转山，保存体力要紧。

嗯，硬要说起来，那一天的月亮像一枚小小的金币，一个可以握在掌心的小秘密。我们住的地方正好可以看见冈仁波齐的背面。月光下的冈仁波齐，山脊峻拔，线条硬朗，仅仅是这个侧面就美得像雪雕，像油画，而那轮月亮，像一枚皎洁娇美的印章。

如今想起来，我这前三十年中见过最美的月色、最好的月光，要么在西藏，要么在云南，或者是在新疆，偶尔在国外，都是人迹罕至的时刻，远赴千里的情况下。

见月如见心。这明月时时抬头可见，就像我们的心，时时低头可见，然而，想把它看清楚，却不是那么容易。

除了冈仁波齐的月亮，在神山脚下，我一直念念不忘的一个人是藏传佛教诸派共尊的圣者、大瑜伽士、苦修者——密勒日巴尊者。

这里是他多次苦修的地方，在转山的途中我常常想，这里的哪一个雪洞是尊者曾经待过的地方呢？如今照在我身上的日月光，在千年之前，也一样陪伴着尊者啊！

尊者出生在尼泊尔和西藏交界的芒域（今天的西藏吉隆附近）。在他出生前，他的父亲从商有道，家境富裕。密勒日巴尊者的父亲得到尊者出生的喜讯时，脱口而出道："这真是个好消息！"所以尊者的小名又叫"闻喜"。

尊者出生后不久，他的父亲就过世了，留下密勒日巴和他的寡母与妹妹。他们丰厚的家产被亲戚觊觎，亲戚们谋夺了他们的家产，而村里人对此袖手旁观。整个童年，尊者和他的母亲、妹妹都过着衣不蔽体、任人奴役的悲惨生活。

后来，尊者的母亲受不了这种虐待，偷偷将仅剩的一块绿松石（这块绿松石当年藏在头发里才被保留下来）交给尊者，让他出去跟咒师学法，回来报复这群心肠歹毒的人。

尊者跟随咒师学成法术之后，回村降下冰雹雷电，惩罚了黑心的亲戚和无情的村人，但也犯下了杀人重罪。尊者报仇之后并无丝毫喜悦之感，心中反而升起了无穷的悔恨。

这时他听闻了马尔巴大师的名字，和噶举派的祖师爷那洛巴一样，仅仅是听闻了这个名字，尊者心中就升起了无穷的信心。他立誓要找到这个人，跟他学习正法，弥补以往的过错。

当他不辞辛苦地寻访到马尔巴大师，大师为了考验他，更为消除他的罪孽，命他建造佛塔，每当塔要建好，马尔巴就设法将塔毁掉，命令密勒日巴再建。如是过了六年多，其间还有不计其数的其他考验，种种行径跟帝洛巴当年如出一辙。严苛到密勒日巴的师娘——马尔巴大师的佛母（空行母）达媚玛都看不下去了，一再劝马尔巴大师：你何苦这样为难这个孩子？

马尔巴大师在确定密勒日巴道心坚定，业障已经消除得差不多的时候，终于传他正法。此后，密勒日巴尊者就按照上师的指示，在山洞里闭关，精进修行，直至证悟。他终身不聚财物，舍弃世俗一切名闻利养，包括信众的追随和供养。他浪迹在山林野地以及种种荒无人烟的地方苦修，只对偶尔有缘遇见的人，开示传授纯净如甘露的教法。

在一次对信众的开示中，密勒日巴尊者这样唱道：

帝洛巴与那洛巴座前受大苦行的非凡人士，通晓两种语言的翻译家，那就是我的如父上师，大译师马尔巴……

我是上师慈悲心守护的密勒日巴，母亲名叫白装严女——杨萨卡装

父亲名叫密勒智慧幢——密勒饶加仓，我的本名原叫“闻喜”

由于因果种种不爽，往昔的业力

让我们母子没有什么福气

父亲很早就撒手人寰

我们所有的如幻财富和田产

都被伯父和姑母夺取

我和母亲成为他们的仆役

吃的像狗食，以破旧的斗篷为衣

还被赶出家门，忍受风雨冰雹的侵袭

伯父常对我们拳打脚踢

姑母的态度阴晴不定

我们母子活得像卑下的奴隶

噩运还一件接着一件降临

痛苦和绝望真是难忘至极

因此我做出了决定

去找“云通”喇嘛和容通拉嘎

学习咒术、降雹、武术三种诛法

施展咒术，让灾难降临在姑母、伯父和乡民们头上

事后我心中悔恨交加

听说临近南河的普那

住着一位受到那洛巴和梅纪巴加持的圣者

就这样，我从远方听到了译师马尔巴的大名

我不辞辛苦长途跋涉，终于来到了上师的面前

此后六年又八个月的时间

我待在大恩父师身边

上师为了净化我的罪障

命我建造了一座九层高的塔楼

然后他以悲心摄受了我

为我直指甚深的实相

也就是最究竟的见地：大手印

他教导我那洛六法方便道

传授我成熟道的四灌顶

神圣那洛巴的仪轨修法，深可信赖的教诀

都一一传授予我

我不向懒惰懈怠低头

放弃了此生的一切，实际禅修

哼唱的安乐之源就此涌现

我就这样成为了一个瑜伽士

现在，姑娘们，你们应该可以满意回家了吧？

曾是那样遭受苦难的人，幸福的片段只存在于母亲的不成章法的叙述和散乱的回忆里。刀刃上的蜜早被舔尽，连余味都欠奉，没有回味，只有刀刃直插口中。

却是那样悍勇，一朝得机，勘破人世的虚幻，就义无反顾地走上另一条道路，不再执迷于此生的一切，至死不渝地追寻生命的最终答案。

在经历了那么多苦楚之后还能找回至纯至善的心，发挥它最大的效用——慈悲和智慧，这本身就是一件特别了不起的事。

密勒日巴尊者一生以苦修者——瑜伽士的形象示现，以“金刚道歌”的方式传法，他的道歌后来被集结成《十万道歌集》，是噶举法统和藏地道歌最完满、最精纯的传承。无论以何种形式去深入观察和评价，密勒日巴尊者都当之无愧是修行人典范。

转山的途中，时时刻刻能看见冈仁波齐。冈仁波齐是冈底斯山脉的主峰，绵延千里的冈底斯山脉，如巨龙在此昂起龙头，形成一座形似金字塔（藏民称“石磨的把手”）的主峰。冈仁波齐的四壁非常对称，由南面望去可见到它著名的标志：由峰顶垂直而下的巨大冰槽与一横向岩层构成的“卍”字(象征佛法长久驻世，吉祥与护佑）。

“冈仁波齐”藏语意为“雪宝贝”，佛典中最著名的须弥山就是指它。印度人称这座山为 Kailash，梵文意为“湿婆的天堂”（湿婆为印度教三大主神之一）。在耆那教中，冈仁波齐被称作“阿什塔婆达”，即最高之山，是耆那教创始人瑞斯哈巴那刹获得解脱的地方。苯教称冈仁波齐为“九重（万）字山”，相传苯教有 360 位神灵居住在此，苯教的始祖敦巴辛绕从天而降，此山为他降临人世之处。

山脊正中有一道很深的印迹，像是什么东西滚过，传说那是密勒日巴尊者和苯教的大神斗法时留下的。相传尊者曾与苯教的 Naro Bonchung 以法力的高下来决定谁有权住在冈仁波齐和玛旁雍错。先在圣湖比试，Naro Bonchung 一步就跨过了圣湖，密勒日巴则用身体盖住了整个湖面。

接着比试转山，佛教顺时针，苯教逆时针，两位同时在卓玛拉山口相遇。几次比试都难分高下，Naro Bonchung 提议首先到达冈仁波齐峰顶者为优胜。太阳升起之前，Naro Bonchung

站在一面鼓上飞向顶峰，当第一缕阳光照在冈仁波齐峰上时，密勒日巴乘着光一下子到达峰顶，Naro Bonchung 惊得从鼓上摔落，那面鼓滚落下来，留下了那道印迹。

莲花生大师和密勒日巴尊者都像来去如风的光明之子，在各处留下加持圣迹。类似佛苯之争的传说，在藏地不胜枚举。时至今日，佛苯互融已千余年，佛苯两派的大师也提出了非常合理民主的意见，提出不分教派的“利美运动”，再计较谁高谁低已无意义，徒存偏见，惹起争议而已。

我感受最深的，还是在转山途中，看到藏民匍匐于地，满身风尘，步步长头，朝觐神山，那真是转山转水转佛塔，只为今生与你相遇。

有时候天空会飘一点点雪珠，细密的，无力的，像前尘旧事在眼前翻坠，而故事却像是被冻住了，猜得到开头，看不到结尾。

风总是那样凛冽，掀动脆弱肉身，人是那般渺小，如身在中阴，像一张纸，轻易就被业风吹透撕裂。

即便如此，我们还是要勉力前进，不是吗？

这个过程，并不是为了征服，只是靠近，我们在靠近自然，领会生命，不需要去征服什么，证明什么。

转山途中，我在传说中的修行洞点燃了一盏祈福的灯，心中祝祷：

我以虔诚所设之明灯，供养一切佛法僧三宝。以此功德来世智如炬，灭尽众生垢暗尽无余。

拾壹

玛旁雍错 心的源头

时间至此仿佛冻结。

我坐在玛旁雍错湖边，对着湛蓝的湖面，观修绿度母，本尊跃然心底。

举目望去，这里没有绿色，只有湖水偶尔会绿如翡翠。这里有大片的蓝，蓝色的天，蓝色星空，蓝色的湖水，蓝到一望无际。

高原的湖泊总让人心生面对大海的错觉。然而委实更澹然，少了几分压迫和野性。雪山古泽的壮阔和清澈，是一边让人觉得天地荡荡，一边让人心甘情愿地长久停留在它身边。

天空像是倒悬的湖泊，而湖水像魔镜一样发着光。晚霞如烟似火，不知疲倦地变幻着颜色，如天女献舞，罗衣翩跹。

落日和随之降临的星空，壮丽到令人失语。烟霞深处有神灵的圣殿，苍穹尽头秘密深锁，一闪一闪的，等待人去仰望，去拆解。当然，大多数时候，大多数人，都只是眼睁睁与这隐秘擦肩而过，不得其门而入。

倘若不是离冈仁波齐和纳木那尼这样近，又有多少人能一眼看出眼前这个高山湖泊的独特之处？

诚然它是美的，可是纳木错、羊卓雍错哪个不美呢？就连远在加查鲜为人知的拉姆拉错也一样美得惊心动魄。

虽然名列三大圣湖之首，但远在藏西高原的它，远不如纳木错和羊卓雍错更广为人知，后者频繁地出现在文艺青年的游记和影视剧的镜头里，令到没去的人都觉得，只要去了圣湖就可以洗涤心灵，焕然一新。

实际上呢，类似的观光，只是一次做了不坏、不做也没什么影响的眼保健操罢了，连心灵 SPA 都谈不上。

我私心向往的是十九世纪、二十世纪初的老派旅行，度假者像候鸟一样准时回到同一个地方，入住同一家酒店，享受同一个侍者的服务，侍者会留心记住老顾客的名字和稍微特别的小要求。一年一度，他们从素不相识走到莫名的默契，在时光的润泽下，风景与人皆成了琥珀。

我一直迷恋这当中暗藏的情分和惦念，连看似的一成不变都有着不可言说的婉转追念。

如果所有的感情都变成了消费式的，刷卡即得，那还有什么搞头？

对于西藏，我持以相似的态度。喜欢重复地回到某处地方，让旧的记忆和新的记忆在荒野上迎头相遇，完成一次新的拼图。

真正的美景，一定要身临其境去体会。照片可以传递美，却无法涵盖那一刻心情的绵延起伏。

美到极致的风景都会叫人屏息凝神，这通常会有两种作用：要么，让你忘记很多事；要么，让你想起很多事。

而我总是后者。

我那么想你，想到几乎忘记了是为什么想你。在我努力克制的悲伤深处，在我不可抑止的思念深处，你总会云淡风轻地出现。你的影子，覆盖了我的天空。这是夙缘的纠缠，非是一生一世一时的业力。

湖上水波粼粼，倒影着雪山，亦幻亦真。猛吸了一口高原的风，泪意如雾。这迢迢人世，当真是，所爱隔山海，山海不可平。

凝望着湖面，我看见自己这么多年的心路蜿蜒。

多么奇怪啊！我一直觉得，自己是蹒跚着从遥远的江南，坚持走回到藏地的人。那种万里孤身，矢志归返的感觉，是原初的悸动，一直缠绕、督促着我，使我不能安然地蛰居在南方。

许是江南那种过于稠密热闹的人居，他们关爱我的方式和灌输给我的生活理念，像紧箍咒，非但不曾让我对世俗的生活升起浓厚的兴趣乃至信仰，反而让我觉得压抑，厌倦，心意凋零。

你会问，回到西藏就没有这些苦了吗？不是的。天上西藏，并不是人间净土。不要心存这样的幻想。这里环境苦寒，没有美食，可供娱乐的活动屈指可数，拉萨会好一些，拉萨以外，没有网络的地区，流行的东西比内地至少迟了一年半载。

生活粗粝，亦有尘世烦恼。生老病死，喜怒哀乐，七情俱全，皆不可免。

只是，一个有佛光照耀、佛法长存的地方，相对会更清净。因为心中有方向和光明，人们即使同样在受苦，也相对清醒些，没有那么多抱怨和不自知的麻木。

小时候读古乐府，见一句“高山有崖，林木有枝，忧来无方，人莫知之”，入目之后就无法忘却。那时还只是莫名地悲伤。我以为是青春期伤春悲秋的通病，后来才知道不是。

我是从什么时候开始，觉得人生是苦呢？看着身边形形色色的人，目睹他们形形色色的痛苦，思想着肉身易损、生命易折、恩爱难久、子女多忧……这些痛苦都是真的，即使它们以甜蜜诱人的样貌出现，本质还是苦的。

不完全是佛法的影响，我从一开始的时候就隐隐觉得习以为常的生活有些不对劲。后来学习的佛法只是印证了我的怀疑。

像在深渊上面走吊桥，少年时的生活经验曾给我带来极大的困惑。那样的生活像一个黑洞，我眼睁睁看无数人前赴后继掉进去，然后，无声无息被吞没，变成了一个个面目相似的人。

既然如此，我不明白，人们为什么明明不满意，却宁可心不甘情不愿地持续着一个人人都知道过程和结局的老套程序，亦不愿停下来看一看哪里出了问题，想一想，自己到底要不要这么选择?

譬如和一个自己不满意的人相处，结婚，生子，然后互相抱怨、伤害，拖沓至终老；譬如身体出了问题，畏惧死亡，却不肯提前预习一点点关于死亡的功课。

借用一句流行的话，这些都是套路啊！可悲的是，我们只是用力，不肯用心。宁可事后追悔莫及，不肯事前想清楚，进而找到破局的方法——俗话说，磨刀不误砍柴工啊！

欠缺清醒和果断，害怕面对，得过且过，随波逐流。社会陈规是我们想要抵抗的惯性，却也是赖以为生的安全感。

与很多心藏悲欢、提笔抒写的人不同，除去写作时，我连倾诉表达的欲望都欠奉，看起来最是寻常和平静。从来不是一个折腾着去生活，去证明和寻求爱的人，爱和被爱都适度，未曾缺失到有憾恨的地步，是以不曾刻意叛逆。然而心意倔强，亦不曾天真无辜地乖顺。

是这样无趣。仿佛是没有童年、少年的人，亦未有过太多青年式的迷惑和莽撞。清简而节制，仿佛长驱直入，一步走就到了中年。

早早想明白自己要什么，一直在做减法。

希望做一个干净、轻省的人，即使在年少无知时，亦从未浪费时间在无关的人、无关的情爱关系中试探，打转。心有明确的目标，愿意付出心力去塑造那个理想中的自己，打造需要的生活。

成年之后的生活不热闹也不枯寂，自得其乐，觉得其间有无限伸展探索的空间。所谓的“自由意志”，并不仅仅是凭一己心意而行，而是控制自我，学会自律和克制才能得到更大的自由。

我后来到了北方，又回到了西藏，因为工作的关系可以四处游走，亦不必过深介入世俗生活和关系，也接触到许多心性类似的人，我才感觉好一点，慢慢活过来。

像穿过幽暗的隧道，开始迎着阳光尽情奔跑，像一匹野马，回到了草原。

终于可以坦然承认，你们说的那些都是很好很好的，可是我偏偏不喜欢，一直不认可。

不是刻意要过不一样的生活，生活即是生活，走到某个阶段都会殊途同归，无非是一蔬一饭，两人一屋，走走停停，悲欢离合。

我只是讨厌那些义正词严、似是而非的道理，我只是厌烦营营役役的生活，抗拒那些非要这么做才对的指示，以及指定的程序。

这不是叛逆，这是坚持。

生活，明明还可以有更自由的选择；幸福，明明还可以有很多方式，不是吗？

世俗层面的选择，只要不触犯法律，不伤害他人，在合适的时间做出问心无愧的决定，求仁得仁时最是坦然。执行自己最真实的意愿，为自己的言行埋单，才是对人生负责的态度。

青春期的我，过于坚硬冷淡，是回到西藏之后，我才变得更柔软或者清晰。旧的成见破碎，新的爱意生成。在欣喜接受与己呼应部分的同时，能够接纳与己不同的所在，当悲悯之心升起，过于强烈的自我感觉消失，人在意的就不会只是个人的小情绪。

你看，太阳在手掌间燃烧，神山肃敛，圣湖清蓝，即使不论任何宗教的象征意义，它依然美到令人唏嘘。

如果，此生一世，天地之美尚不能穷尽，而时光注定会像受惊的白马一刻不停地奔向悬崖，那么，刻意苦心规划所谓的安稳静好，又何其乏味和短视？

“以无所得故，菩提萨埵，依般若波罗蜜多故，心无挂碍；无挂碍故，无有恐怖，远离颠倒梦想，究竟涅槃。”

我慢慢能够看清来路和去路，看见自心的颜色、律动，看见它的起伏、变化。它曾经紧绷，躁动不安，最终会像玛旁雍错的湖水一样，因空显色，因色见空。

它不是生，不是死，它超然于生死之外。

拾贰

当我想起来

想起我第一次看见珠峰的时候，一晃已经过了十年。当时也是胆子大，初上高原，仗着自己没有任何高原反应，吭哧吭哧到了珠峰脚下。

从珠峰大本营下来的时候，金乌西坠，晚霞映照在我面前的山壁上。是我的幻觉都好，那一仞岩壁上显现出山峦、河谷、寺院的剪影，分明是藏区寺院的形制，只是不辨是哪座寺庙，我至今亦未深思，但那一幕映入脑海，予我久远震慑。

我与藏地此生因缘确立，与其说是信仰，不如说是相契。有太多令人感怀的生动细节。那天我先去了绒布寺，在僧人的引导下参拜了海拔最高的寺庙。庙门口长风猎猎，我转动经筒，口诵真言。彼时，夜色将坠未坠，天色明蓝隐现藏青，我回望着雪山巍峨，大美若斯，一时心生空寂，感而下泪。

随后约好等我的藏民把我接到他家的帐篷住宿，掀开帐篷就有浓浓暖意扑面而来。女主人已经在往炉子里添牛粪，等火旺了，开始打酥油茶。她的脸已经有风霜劳碌的明显痕迹，但那双细长眼极明亮，不减少女温存。她话不多，说话时笑容腼腆，总是殷勤添茶，不肯歇下。

在我喝酥油茶吃糌粑的时候，藏家小妹已经抱过被褥来，放在卡垫上。回头对我一笑，示意我晚间就睡这里。那被褥极厚实，我没有用随身的睡袋，直接盖上被褥入睡，躺下闻到浓重的膻味。以我的洁癖，居然心无抗拒，安然入睡，心定如回到故乡。

夜来风大，扑打帐篷，帐篷外有狗吠、追逐的声音，我蒙蒙眬眬醒来，原来是藏家小妹怕我冷，临睡前还要来添一次牛粪。我对她笑笑，很快在老人家的诵经声中再次睡去。

第二天醒来，知道很快要离开，彼此已有恋恋之意。我在天色将明的时候出去，站在外面仰望珠穆朗玛，看见有些孩子已经起来干活，都是年纪不大。心下真是感慨，城市里的文艺青年只知羡慕他们放牧挥鞭，自由自在，又有谁知他们生活艰难寒苦。若真将我们丢在这里过日子，怕过不了一星期，就要哭爹喊娘地回到城市去。

几个孩子怕我行走不便，放下手中的活计，一直跟随在我身边。我哼起仓央嘉措情歌，他们都不掩惊讶，对我说：你会唱这个？我说：是啊！然后我们就一起对着雪山唱起来。我没有说的是，我是个藏族人啊！我终于回来了！

这山河浩荡，雪山耸峙，亘古无言，面对着它，除了自觉渺小，心生谦卑，我还能做什么？说什么呢？我知道这座峰是全世界登山者心中的圣地，由于身体的原因，我不能去尝试登山，但那又有什么关系呢？我靠近它，我仰望它，就足够了。

须知靠近珠峰和登上珠峰是绝然不同的概念，许多人去到珠峰大本营就敢声称自己上了珠峰，这是贻笑大方的事情。

我至今亦未觉去到大本营是多难的事情。去年登山季节还去大本营探亲访友，看着登山学校那帮孩子在帐篷里忙得热火朝天，我开玩笑说，不如拎个包上来度假，反正有人管茶饭，带几本书上来读书晒太阳真是很爽。

他们用藏族人的热情回应我：你来嘛！想住多久住多久，这里的酥油茶、风干肉够够的！让你吃得饱饱的！

我知道他们有多可爱，多朴实。眼前这些年轻或看着已经不年轻的人，每一位都有着一次或多次登上珠峰的经历，他们已经是训练有素的高山协作者，帮助那些想登上珠峰的人实现梦想，是他们的职责。即便如此，他们对山，对珠峰依然敬畏，说起那些登山前辈依然是发自内心地崇敬。

想起旅行书泛滥，有关西藏的尤为盛行，有些人坐火车和飞机去趟拉萨就敢吆喝“生死青藏线”，真是误人不浅。真正经历过生死考验的人，反而会气定神闲，从不多言。我问起他们一些精彩往事，如果是自己的事迹，他们都会摆摆手说：不要说了嘛！那有什么好说的嘛！怕人多问，就会起身给你添茶拿吃的，害羞到可爱。

那一天在珠峰脚下待了许久。我长久地凝视着藏民口中的“三神女”，默默对她顶礼祷告。天气晴好，珠峰显现真容，一道山岚如哈达缠绕，某人拍下极美的照片，后来被我放在《日月》的书中当明信片。

回程又一次经过定日，令我想起 2005 年经过老定日的时候，停车在路边的一个四川馆子吃饭。老板娘很热情，做饭的手艺不赖，大家吃得心满意足。这时来了一个乞讨的小孩，看眉眼是藏族的。因为在西藏的关系，我们习惯了随处布施，我就问那个小孩：给你添碗饭，跟我们一起吃，要不要？那小孩摇摇头，绕着我们的桌子跑，说：你们一人给我一块钱嘛。

老板娘怕他闹得我们心烦，走过来喝止他，又对我说：不要给他钱了，每天都来，见到客人就要钱。我问：他爸妈呢？不管他吗？

老板娘说：我来这儿的时候，他就是一个人了。这些年这里的游客多了，这些小孩也变得油滑了，你给了他一个，回头来一堆。

我笑，知道她所言不虚，但还是给了那小孩一块钱。他接过钱时，我清楚地记得那笑容依然羞涩。

离开之后，在车上，那小孩的言行举止在我脑海中拂拭不去。这一路行来，有些藏族孩子的改变也让我惊讶，比如他们对铅笔、本子、糖果的兴趣远远没有钱大了。他们亦不再矜持，会直接选择要钱，给一毛、五毛、一块都行。正如那老板娘所说，你给了其中一个人或者买了一个人的东西，会有一群人一窝蜂地拥上来，缠到你招架不住，直到关紧车门落荒而逃。

乘兴而来的游客遇到这种事情是会失望和厌烦的，我也不止一次升起这样的情绪，觉得他们本应该是单纯的呀！应该是单纯到拾金不昧的呀，怎么会这样！到底是哪里出了问题？

遇到这个小孩之后，我开始思索，汉地的旅游经济对藏地文明的侵袭，进而更深入地想到，喜马拉雅山麓这古老的土地上，几千年来的改变或许都没有这几十年大。

藏人的生活方式正在不知不觉地改变、年轻人不再作兴骑马，原本的良马和牦牛成为他们招揽顾客的工具，他们热衷于骑摩托车，在高原牧场上风驰电掣地奔走……他们放弃了牧场，开始转行做天珠、虫草、木材的生意，开着车喝可乐，听汉族的口水歌。他们甚至都不再钟爱穿藏袍，转而喜欢西装牛仔裤运动衫。

这一切都让我思索，矛盾。一方面我知道他们有权利去选择更先进的物质生活，他们没必要活在我们一厢情愿的幻想里；另一方面，我又希望他们能保有古老的纯真。这曾经金戈铁马的民族，不要失去自己悠久的传统。

是在遇见这个小孩之后，我开始构思《日月》的故事，这个孩子就是《日月》里尹长生（索南次仁）的原型。

我当时想到，像这样聪明伶俐的小孩，以他的年纪，如果出生在汉地，应该能接受不错的教育，而不是这样四处游荡乞讨为生。

但我转念想到，汉地的教育算是成功的教育吗？即使他生活在汉地，衣食无忧，我能够确认他会成为一个优秀成功的人吗？答案是不能。

那么，成功的定义到底是什么？什么样的信仰才值得我们坚持一生？怎样才算得上俯仰无愧的人生？

十年之后，检点回忆。我庆幸我的冲动，不管不顾来到珠峰脚下，是珠穆朗玛给了我实证明证的机缘。我通过这部小说的构思和完成，进行着另一种形式的修行。这是一次心灵的完整回溯和超拔。

传递正念、正信，逐渐成为我写作的原动力，而我深知，这与我第一次面对珠峰时的震撼和感怀密不可分。

仓央嘉措情歌里有一句："转山转水转佛塔，只为途中与你相见。"这句话，很多人理解为情语，为此念念不忘，心怀期许，这自然也可以；然而更深的，我们应当了知，在这浪游的尘世，能在有生之年，找到心灵的皈依之所，无论是一地、一人、一事，即是至深福德。

我应该如何去表达自己对西藏的感情呢？我这不会说藏语的藏人。

每一次回到藏地总是待也待不够，每一次离开不久就涌起浓烈的乡愁。这千头万绪，说也说不尽，写也写不完。有时候为了珍重情怀，只能忍住了不敢轻易落笔。

即使我知道它不完美，我依然无条件地爱它，就如同它接纳我的不完美。

如浪游的孩子回到故乡，日光倾城的雪域高原，是我身心安止的地方。如果此生福德具足，我愿归葬于藏地，让雄鹰带着我的灵魂，飞在珠穆朗玛峰上。

拾叁

林芝三月 桃花欲狂

一

三月。从丽江动身，走滇藏线上拉萨，而后从青藏线前往新疆。这一路要说什么具体的目的，其实也没有。只是某日看见街旁的樱花开了，想着春色正憨，总不甘蛰居一室，所以收拾起行囊出发。

既是因花起意，这一路索性寻芳而去。记得有一年的《中国国家地理》，做了一期西藏波密的专题，用的题目特别叫人印象深刻，乃是——“波密，桃花欲狂”。这个“狂”字深深刻入眼底，叫人心眼灼亮。我为着桃花，单写过一本《世有桃花》，当真是以诗词为经，今古之事为纬，依然觉得，歌不尽桃花人世。

此番溯江而上，为桃花而来。金沙江、澜沧江、怒江、雅鲁藏布江一路宛转浩荡，波波漾漾，但见春山染碧、山花狷狂。而那雪山沉静，日升而露，月出而隐，不因人事变动而有半分动摇。

我在山上看落日，观赏天空的颜色变幻，从红霞漫天的肆意，转到蜜蜡黄的温暖，再到玫瑰紫的收敛。不过转瞬，云底会泛出极美的湖蓝色，天空变得像湖泊一样静谧。夜风清冷，感觉上湖蓝色渐渐凝固清透时，原先浅浅淡淡的月亮，变得白白亮亮。

终于在一天清晨寻到梦中的美景，那是在波密的嘎朗湖边。

车行过，回头看见桃花林整片倒映在碧净的湖面上。惊呼一声之后，即刻屏气凝神。湖面有两三只水鸟停栖，湖岸有狗穿梭而过，而迎着我们的车走过来的，是悠闲而纯良的牛群。

“你未看此花时，此花与汝心同归于寂。你来看此花时，则此花颜色一时明白起来，便知此花不在你的心外。”那一刻，我确信自己看见的是文字中古老的桃花源，年轻的纤尘不染的人间仙境——“桃花流水窅然去，别有天地非人间。”

在灵魂的故乡奔走，我看见金色的太阳、白色的雪山、黑色的玛尼石、白色的佛塔。遇见笑容平和的乡人，也看见了繁荣造作深处的贫瘠和荒凉。

愈近拉萨心愈悲，像一团乱麻堵在心口。说不清因由。途经南迦巴瓦，看到了南迦巴瓦，那全中国最美的雪山，它在藏语里的意思，是“害羞的神女”。据说一年之中大多时候都云山雾罩，只有冬季晴朗的日子才显露真容，可我每次经过都能看到。运气好到路过的藏族人特地停马来点赞。

我在南迦巴瓦脚下的村落里做了个很悲伤的梦，梦到拉萨被拆得一塌糊涂，我在废墟上寻找熟悉的人和地，因为自知徒劳而哭泣。

某种久远的孤独向我袭来，悲哀像洪水漫溢。这悲从中来，我自己也不能解释，或者是我不想解释。

我知是自虐。明明知道这日光之城已面目全非，却一次次回来，执着地想在它日渐改变的形貌上找寻昔日的荣光圣洁。可目睹的，分明是一场漫长无了期的凌迟。

拉萨的某一部分越来越像内地的城市，我们戏称为四川省成都市拉萨区。夜市上铺面密密麻麻，小车和摊档挨挨挤挤。本就狭窄的路面上放着一排排塑料桌凳，地上是触目惊心的白色垃圾和食物残骸。食客们咋咋呼呼，吵嚷不息，却又能在尘土车流中安然进食。

这是拉萨嘈杂丰盛却麻木的现世，鱼龙混杂，群魔乱舞，与它的神圣洁净并行不悖。

布宫，唯有看见颇章布达拉依然矗立在红山顶上我才心定。大昭寺，只有匍匐在祖拉康的觉沃佛前，我才敢痛哭失声……

耀眼的日光，化作眼前灼灼的酥油灯光。这众生的虔诚，难道终是化为虚无？

这失落的圣城啊！除了一次一次来看你，除了一遍一遍口诵真言，除了叩长头，用想象中的身躯温暖你不愈的伤口，我还能为你做什么？

我已不能为你做什么。

想起姜夔那一句：梦中未比丹青见，人间久别不成悲……

在拉萨只待了三天，为赶新疆杏花的花期，我们提前出发，仅仅花了三天就走完了三千多公里的路程。真真称得上晓行夜宿，日夜兼程。好在精力旺盛，并未因赶路而错过路上美景。

有人说，川藏线（滇藏线）像小说，新藏线像散文，那么，青藏线像什么呢？它像诗，并无太多字数，可是感情一样深厚。该平淡的时候安于平淡，该奇崛的时候亦绝不吝惜。

山口上真是冷啊！冷到落雨，冷到飘雪。冷到穿着羽绒服、冲锋裤下车，不到五分钟就冻得浑身冰凉。这已是四月了。我身边历来风趣毒舌的朋友说：林徽因说，你是人间四月天，说的是高原上的四月天吧！阴晴不定，心思难测……

在唐古拉山口，看见形如奔马的云朵；在昆仑山口，看见形如冰湖的晚霞……这些人迹罕至的地方，自古以来就没有多少人类存在的痕迹，所以这山、这河、这树都未染尘息，要在荒凉的深处跋涉不止，才可邂逅繁盛风景——即使这繁盛乍看起来也是荒寒的。

青海和西藏本为一体，所以在青藏高原上开车走了两天，依然觉得是在藏区，直到第三天，看到道旁笔直的白杨树，吃上了香喷喷的抓饭和拌面，才惊觉已经进入南疆。

西藏和新疆都是毋庸置疑地大。这极大、极浩瀚、极空旷之间又有细微差别。就好像两地人的性格，西藏是热烈而平和，新疆是热情而执着。自然风光各有其妙，不相上下，以饮食水准来说，新疆胜出不止一筹。

总有朋友问我藏家宴好不好吃。迎着他们热情洋溢充满期待的脸，我沉默了一下，斟酌着说道：如果你没有试过，可以试一下……藏家宴基本是从吐蕃王朝开始攒起来的家底……差不多……呃……两百年推出一道菜吧。

实在是……掩面无语……屈指可数啊！屈指可数！

地大物博，物产丰富，这两个词用在哪里都没有新疆贴切，再加上西域古道、丝绸之路带来的商品流通，香料大量涌入，新疆人民在饮食上面最为开明，积极学习，汉人的烹饪之术被他们融会贯通，导致新疆的饮食水准比周边的土耳其、巴基斯坦等等国家，都强上许多。

对我这种嗜好牛羊肉的人来说，新疆简直是天堂。顿顿吃到撑，就算辗转入山去拍杏花，也不足以消耗过剩的营养。我只能一边豪放地啃着比我脸还大的肉和馕，一边做心理暗示：你不会肥……你真的不会肥……

结果，我，还是，肥了。

杏花开到极盛是白色的，再开就谢了。只有初绽时是略带红润的。它的温柔之态和桃花的肆狂是迥异的，大片的桃花，会看得人几欲羽化仙去，而杏花，即使是大片的，也让人想到归家的安静。

看到杏花满地，心头总会涌起淡淡的温柔。想着在花树下入眠，醒来时落花染襟，回眸处漫天花雨，人世的美好和惆怅都要一一笑纳了。

我是多久没有看到如此广阔的草原？我觉得我在重新认识“辽阔”和“无边无际”这些词。

当我靠近草原的时候，我相信我是在它最美的时候到来，此时它换上的正是四时华服中最精美的一件，那绿色之中不同层次的绿，那黄色之中不同程度的黄，那紫色之中不同分量的紫。

绿草为裳，山花为佩，层层叠叠，一片接着一片，延伸到视力不能拥抱的远方。

早上醒来的时候，走出毡房，看见天空碧蓝如洗，云好像绣上去一样地精致轻盈，碧绿草场绵延到与天相接的地方。牧民赶着马群经过，踏花归去马蹄香。

在这一刻顿悟，这就是我一直期待、念念于心的生活。此刻，我满心欢喜，常怀感恩。上天用另一种方式带我回溯到往生。

我在草原上走着，有时坐下来，看着天空中偶尔掠过的鹰隼，它渐飞渐远，我寻觅它的踪迹，体会到不可言说的孤独和寂静。我走进这草原，与之相逢，是轮回中转瞬即逝可以忽略不计的弹指，它承载的历史和往事却是太多，太多……

二

这个秋天。你去到国外，我独自回到拉萨。

这些年来，我们总是频繁地一起回到藏地。

一起看过林芝的桃花，一起翻过阿里的冈仁波齐，有好多地方，我们一起走过，还有好多地方，我们要一起走过。

拉萨的暖阳落在我身上，即使你不在身边，我也是温暖的。

记得那一年的夏末，你先回拉萨，我独自坐火车上去找你，一路上，很是有人惊异我的独行。

我笑而不语，内心笃定。只因我知道，一落车就可以看见你。

你在新修成的拉萨火车站等我，车方到站停稳，我就看见站台上你的身影。

下了车，迎着你的笑脸，我觉得周围的人都如潮水般退去。那种感觉就像摩西分开红海，其余的人都如潮水般退去，只剩下你站在中央，你在人群中闪着光，微笑着，走向我。

第一次看见你的时候，亦是这种感觉。那是一生中独一无二的相遇，那一刻定格于心，时至今日，依然历历在目，清晰如昨。

似乎，那一眼将你认出的，并不是我，而是我的灵魂。它在我的身体里假寐栖息，只等你来唤醒后飞起。

我听得见，它振翅的声音。

我不贪心。这样的相遇，相认，一生一次也就足够。

以往都是直飞上来，那年是听说青藏铁路通车，我们特意折腾了一番。有你在身边，我觉得那簇新的拉萨火车站看着都顺眼了许多。只要有你在，一切就很完美。一切的事物就都有着明媚又静止的感觉。

进城安顿好之后，我们去刚吉喝茶，那是固定据点，坐在平台上可以直面大昭寺。点一壶三磅的甜茶，一坐一下午，老板也是熟了，态度好到随你干啥，不忙的时候还要来慰问一下、闲聊两句。

你总说，趁现在年轻多喝甜茶，等老了牙口不好了，再喝酥油茶。你还说，一定是拉萨的甜茶好喝，没有三聚氰胺，喝着是不香的。

明明在胡说八道，偏偏一本正经的样子。

一杯一杯复一杯，一壶甜茶，竟也喝出了两人对酌山花开的意思。情到深处是默契，是无须言语，却又是极熨帖的。每次眼神交会，都会心头一暖。即便相对无言，亦深感雀跃满足。

在拉萨，我们活得像老人，晒着太阳，不慌不忙。我看着你。即使在如此盛烈的日光下，你的笑容亦毫不逊色。我喜欢你笑起来，淘气顽皮、灵气四溢的样子。

李宗盛在《鬼迷心窍》里唱道："有人问你究竟是哪里好，这么多年我还是忘不了，春风再美也比不上你的笑，没见过你的人不会明了。"

冯唐的诗，我亦只钟爱那七个字："春风十里不如你。"

你性子看似飞扬，实则沉潜，只有相处多年，才能洞悉这转换时的微妙。我常暗笑，你说起别的事神采飞扬、舌灿莲花，直教人拍案叫绝，唯独对感情事是不擅言辞之极，一旦别人提及此类话题，你总是羞赧，略显无措，一瞬间退回青涩男孩。

这些年来，我们一起去过藏地许多寺庙礼佛。从无刻意安排，我和别人同去也有，但真的，与你结伴而行的时候最多，我对此深怀感恩和欢喜。

一起跪在佛前，我深爱你虔诚的样子。我们如此信仰一致，用心一致，这世间男女本该如此，却难如此。

做一对同修的法侣，比爱侣更加难能可贵。是因如此，任凭心中千丘万壑，我对你断难言别。

这些年一起旅行，不是没有险情。那一年，去珠峰探望朋友。返程从定日回来，凌晨时分，嘉措拉山口大雪。雪天走山路，开车极辛苦，你开一段要停一下，说眼睛难受。我从旁看着，深恨自己无用。

随后走滇藏线回丽江，因要赶时间，五天的路减缩成三天。

晓行夜宿，我在后座看书念经，时睡时醒，心中安稳喜悦。随你穿山越岭，翻越雪山、草原、戈壁。去天涯、海角，去这世间的任何一处都好。下一刻即为命终都好，只要你在，我便无忧无惧，生死相随。

那年翻白马雪山，冰雪冻结，我们险险冲下山崖，是你经验老到，一把将方向盘打死，挽回危局。我赞美你临危不惧，你惊出一身冷汗，丢了个大白眼给我，说：你倒是淡定。

我说：当然淡定啦！又不是我开车。

我没有告诉你的是，我信你胜于我自己，若你我命终于此，那也是命该如此，有你相伴，我何惧之有？

自然，我不愿你有任何意外；若有意外，唯愿，我死你生。

在意念中的前世，再前世，古道西风，长亭短亭，我们曾像这样一路相伴，走过千里万里。

新疆的赛里木湖，你迎着落日走向湖边。我看着你，那一刻忽然涌起的熟悉感觉是，你曾风尘仆仆，万里舍命护我到此。

我们之间，一直如此眷爱着对方，却终究少了一份厮守的奢侈。曾经的我们，抵死倔强，自诩理智，自认坚强，用尽气力强捺住那呼之欲出的冲动，孰料一念之差，咫尺天涯。

那一刻，我在你身后，有泪如潮。

林芝三月，桃花欲狂，你举着相机跑来跑去，在朝阳里欢快如骏马。车窗外你的身影，在我眼底晃漾，明艳如河岸桃花。感觉亦幻亦真。我并不美化你，然而我确信，眼前的你，有着古老的灵魂和年轻自由的心。它让我宁洁喜悦，矢志追随。

即使这一切的美好，是幻象，即使它此刻属于我，终究又不属于我。

“观色如聚沫，受如水上泡，想如春时焰，诸行如芭蕉，诸识法如幻……”

对着你，我不得不承认，真实的爱是直觉，是本能，容不下太多道理。“倾心”这个词，用在实地里，真的是倾心相付，涓滴不剩。凭着心底的勇气坚持了这么多年，我也堪称孤勇。好在你虽不言，行亦如此。

十年了，庆幸我们还能久处不厌，相看不厌。

在尘世中寻你千度。这一世，我懂得了。不再因情爱的得失而轻言放弃，不管是你陪我，还是我陪你，在无常来临之前，我们都要山长水远地走下去。

彼此珍惜，彼此爱护。呵护这缘分，谁知道下一世，我们还能不能遇见。

拾肆

死在这里也不错

记得一则新闻。

有一对避居深山的老夫妻，丈夫为了妻子出行方便，用了五十多年的时间，修建了六千多级石阶……其实也算旧闻了，不知为何会在社交媒体上发酵，再度受到关注。

故事若从头说起的话，要回溯到上世纪的五十年代，那看似普遍拙于言爱的年代，重庆山城的某小镇里，二十岁的农家青年刘国江爱上了大他十岁的“俏寡妇”徐朝清。为了躲避流言蜚语，他们躲进了深山老林，过上了与世隔绝的生活。

一去五十余载，其间，刘国江为了徐朝清出门的行路安全，开始在悬崖峭壁上凿石梯。

这事被媒体报道之后，很是引起了一番热议，石阶也被称为

“爱情天梯”。

许多动人事，都是平凡人无意中做出来的。不是天生的英雄，也一样有精卫的精魂闪耀。

小时候不务正业，读完了金庸的全部作品，“飞雪连天射白鹿，笑书神侠倚碧鸳”。私心最爱的仍是《神雕侠侣》，就是爱这份千回百转之后的决断。

若这俗世不喜欢我们在一起，那我们就一起躲开这个不知所谓、人云亦云的俗世。

携手归去啸林泉，管他人怎么想、怎么论。

我是钦敬两位老人的，虽然他们没有杨过的盖世武功，也没有小龙女的清冷心肠，但他们做的事和传说中的神雕侠侣一般无二。事非经过不知难，多少如火的热情都能消融于冰雪，更不消说，世事每多薄凉善变，岁月的本相是严冷寒凉。

沉默的、集腋成裘的岁月里，就两人，胼手胝足地相爱到老，也很好。

与其感伤大都好物不坚牢，彩云易散琉璃脆，不如叹赏这份离弃俗世，自甘清简的决断。比起上了年纪之后回首往事徒自唏嘘，年轻的时候就懂得选择、坚持和互相珍惜更为可贵。

当然，还要耐得住寂寞。

大约在 2010 年，香港的乐队 C Allstar 无意中在杂志上看到两位老人的故事，据此创作了一首歌——那首被翻唱无数的《天梯》。

很长一段时间，《天梯》在我的音乐播放器里都是单曲循环的状态。原本只有粤语版，后来又有了国语版，都好听，但我还是更中意粤语版，觉得更缱绻一些，更见余味。

歌词是这样的：

如可 找个荒岛
向未来避开生活中那些苦恼
如冬天欠电炉 双手拥抱 可跟天对赌
无论有几高 就如绝路
隔绝尘俗只想要跟你可终老
来跨出那地图 不需好报 都只想你好
能共你 沿途来爬天梯 不用忌讳
中伤流言全捍卫
留住你 旁人如何 话过不可一世
问我亦无愧 有你可 失去我一切

几多对 持续爱到几多岁
当生命 仍能为你豁出去

千夫所指里 谁理登不登对

仍挽手历尽在世间兴衰

几多对 能悟到几多精髓 能撑下去

竭力也要为爱尽瘁 抱紧一生未觉累

前方 仍然大雾

到悬崖或海边也许永不知道

能相拥到白头 一起偕老 不跟天斗高

前面有几高 一片荒土

每步随着攀登叫双手都粗糙

从崎岖这路途 开垦给你 可走得更好

能共你 沿途来爬天梯 黑夜亦亮丽

于山头同盟洪海中发誓

留住你 旁人如何 话过不可一世

问我亦无愧 有你可以 拆破这天际

……

握着手 而幸福包围泥墙简陋

牵着走 怀着勇气至爱得永久

俗气如我，至今仍会被一些歌词打动，如果说音乐是流动的建筑，那么歌词就是凝结的人生啊！

写作的话，如果不听纯音乐，也是一定要听流行歌的（如此这般，活活把自己搞成了麦霸也算是意外收获）。至于交响乐那么高雅的古典音乐，是不能给我太多灵感的。

我还是喜欢聆听人心中的爱欲挣扎。譬如我听着粤语版的《天梯》，居然鬼使神差地想到西藏的天梯，觉得很有必要写一写。

我在藏地漫游时，会看到山石上画有白色的阶梯。早年不知那有什么寓意，看起来不像是恶作剧，也不像是工程记号。后来才知道，这是天梯，和玛尼石、风马旗一起，并称藏地比较有特色的人文景观。每当有亲人去世，虔诚的藏民会用白灰在山石上画出天梯，祈祷亲人早入天界。通常愈往高处天梯愈少见——越高越难画，效力自然也越大。

哲蚌寺、色拉寺的后山，以及一些被藏民认定有神力的神山区域，都很容易看见这个图形。千真万确，这不是拆迁的标志。

在山体上描画天梯的习俗起源于西藏的历史传说。传说中第一代赞普——聂赤赞普是天神的儿子，降临人间后被人们推为吐蕃部落的第一位领袖。吐蕃王朝从部落时期开始的第一至第七位赞普，统称天赤七王。在苯教的传说里，天有十三层，由一条天梯连接天上和人间。天赤七王都是天界的神仙，死去之后还会重归天界。《王统世系明鉴》载：“天神之身不存遗骸，像彩虹一样消逝。”彩虹也就是天梯。因此藏地没有七王的坟墓。直到第八代止贡赞普，在和大臣的决斗中不慎斩断了与天界相连的天梯，从此再也无法回归天界，众人便在青瓦达孜修建了第一座藏王墓。此后，藏人便开始在山体上画天梯，代表失去的登天光绳，也传达重归天界的渴望。

藏地的天梯让人想起但丁《神曲》里以爱为名的阶梯，象征着向上、向善之路永不止息。

我喜欢藏地的宗教民俗，虽然有些形式举动在信仰不同的人看来神叨叨似玩笑，但我喜欢他们对生死的态度，既淡然又郑重，没有无谓的哀号做戏，还暗藏天真期盼。

生死如河，我在此岸看着你，你在彼岸等着我，任你万般不舍，时辰一到，还是会殊途同归。

由天梯想到天葬，这是许多人感兴趣的丧葬习俗，早前是允许外人去参与的，因为太多游客的无知好奇，见过之后又深感不适，大呼血腥，现在已经少有外地人能看见。

那样血肉横飞的惨烈形式下，暗藏着肃穆端静。将血肉供奉给天地生灵，无牵无挂，无知无觉，不贪不念，从来处来，到去处去。

呼唤秃鹫来食，那秃鹫是空行母的化身，以凶恶的形象来化解罪孽，赎救亡灵。

色拉寺后山的天葬台和直贡梯寺的天葬台是全藏区有名的，我跟我的喇嘛朋友要求，如果我此生福德具足的话，我一定要回到西藏老死，恳请他们为我安排后事。

不是有句话吗，死在这里也不错！当然还有个相对柔软不吓人的说法，择一城而终老。对我而言，西藏绝非一时兴起的游赏之地，它更是我心许的终老魂归之地。

反观汉地的丧葬，常烦琐到使人倦怠，不热闹怕人说冷清，热闹了又着实逼向不堪的境地。死人躺在那里，游魂不远，无依无靠，而生人却已忙着应酬，忙着计较，稍有懈怠，宾主双方都不免想哪里做得不周，是礼金少还是表情不够哀戚。

这一生迎来送往，虚情假意的戏份难道还少？还嫌不够？临了临了，还要来一出谢幕戏，只可惜不能安可。

又想起，如果写汉地的世情小说，从《金瓶梅》《红楼梦》到张爱玲的笔续，家宴和丧葬都是最见人心的环节。

藏地宁玛派的传承里，有一课是极重要的，那就是莲师亲传的《中阴闻教得度》。这一教法又名“颇瓦法”，非心意坚定、德行清净者不能修持有成。

引导亡者度过临终中阴是极为慎重的事情，做得好的话，可以助他往生净土或上三道，这一教法被称作“西藏度亡经”。前些年索甲仁波切将它翻译出来，出版了一本书，叫《西藏生死书》，很是受到人们的关注，至今再版不绝。

“如果我们能清楚了解死亡的时候所发生的事，且生前已做好万全的准备，死亡的那一刻就是个绝佳的开悟时机。当死亡真正发生时，思考的自我心，会消逝而融入心性。在此真相之中，觉悟就发生了。如果我们生前就借由修行，熟悉我们的心性，在死亡那一刻，心性自然显现时，我们就有了更充分的准备。就像孩子自然认出母亲，奔向母亲的膝下一样，安住在这个境界，我们就能开悟。”

书中还引用了佛陀的一句话：“在一切足迹中，大象的足迹最为尊贵；在一切正念禅中，念死最为尊贵。”

这段话应该作何理解呢？

首先我们得明白，在佛陀的时代，他所看到的事物当中，是大象最为庞大，行走最为坚稳，足迹最为深刻。而一切的禅修功课、戒律，都是为了引导我们认知到内心的不安和欲望源自对此身此生的贪着。

当我们通过学习正确的方法，时时忆念死亡和无常，毫无疑问的，我们的正念正见会越来越稳固、清晰，那些错误的习气和识见对我们的影响就会越来越弱。

可以肯定地说，你对于死亡的态度，会决定你如何看待此生，决定你的所作所为。文艺青年们津津乐道的仓央嘉措也写过这样一首诗："对于无常和死，若不常常观想，纵有盖世聪明，也和傻子一样。"

强插一句，我始终觉得，道歌里的仓央嘉措，才是应该被学习和探讨的仓央嘉措。

藏传佛教的中有一个基本教法是"转心四思维"，即：人身难得、念死无常、因果业力、轮回过患。无论你师从哪个教派，都是会教授的。

看起来很容易，对吗？可是，正确地理解且时刻不忘实为不易。生活的幻象太多，轮回的执迷太深，我们耽于暂时的逸乐，很容易以苦为乐。忘记无常常在，而死亡如影随形。至于因果业力法则，更会因为心存侥幸而被我们抛诸脑后。

这短短的十六个字的法可以展开说的内容非常多，作为一个初学者，我就不班门弄斧了，有兴趣的同学可以适当地找一些书来研习，一定会有所收获。

有时候进入寺庙，我会爬上又窄又陡的木楼梯，去平顶上待一会儿，眺望蓝天下峻凛的山脉、随风飘扬的桑烟和风马旗。近处有逶迤转经的人和不绝于耳的诵经声。

流霞映染着天空，暮色渐渐淹了过来，像一场如约而至的潮汐。在静谧中安坐。不需要更多了，此生此刻就很好。

拾伍

拉卜楞寺的雪

此时黄昏尚浅，暮色未深。

窗外，一场雪飘然而至，纷纷扬不知何时能止。转眼间下得大了，看远处都迷离，仿佛日与夜合拢，将人藏匿其中。

我坐在路边的藏茶馆，喝着酥油茶。寒气黏着身体，挥之不去。茶汤的那点微薄的暖意，来不及落到胃里，就消散在身体里。只有靠近炉子是暖的，然而烤得久了，脸颊又会发干。

身后的棉布帘掀起放下间，发出噗噗的声响。刚进屋的人，会习惯地跺两脚，借以赶走依附在身上的寒气。

除此之外，屋里仍是安静的。大家静静地喝茶，添茶。上了年纪的人话不多，声调也不高，大部分的时候，都在喝茶诵经。有的人会多点一碗藏面，呼哧呼哧吃完了。

他们拿出风干肉奶渣分享给我，而我则会拿出随身携带的零食分享给他们，采取的是古老的以物易物的方式。

安多藏语和拉萨藏语有明显不同，我的拉萨藏语本来就烂，安多藏语更是烂到只会说“你好”“谢谢”“不用谢”。就靠着这三个词混啊！

我们叼着棒棒糖微笑。寻常的藏地冬日，我喜欢的氛围。

早些年，我总是在春末夏初草木繁盛的时候回到藏区，后来待的时间久了，见了四季，方悟出冬天的好来，也更眷恋这种无所事事的温暖。

无所事事的时候，可以喝茶，可以晒太阳，可以看书，可以诵经。何况，做这些事，并不是真的无所事事呀。

拉卜楞寺如一个天真坦荡的秘密，就在目光所及之处。

是很久以前的事了，《天下无贼》上映的时候，很多人被电影里的藏地寺庙风光吸引，拉着我问：电影开场众人拜佛那场戏，是不是在大昭寺门前拍的。我说不是，那其实是拉卜楞寺大经堂（闻思学院）前。顺带告诉他们，这座藏传佛教历史上赫赫有名的寺院，深藏在甘肃有个叫夏河的小县城。

拉卜楞寺由一世嘉木样雅巴——尊者俄旺宗哲于公元1709年创建，和塔尔寺、甘丹寺、哲蚌寺、色拉寺以及后藏日喀则的扎什伦布寺，合称格鲁六大寺。

拉卜楞寺有着传承自怙主宗喀巴尊者的最严密的藏传佛教修学教学系统。下设六大学院，其中一个显密学院、五个密宗学院，分别为闻思学院（属于显宗）、时轮学院、医学院、喜金刚学院、续部上院、续部下院，是现今全藏区最高等的佛教学府，成为拉卜楞寺的多然巴（格西的最高学位），是无数僧人梦寐以求的目标。

三百多年来，拉卜楞寺成为二十多位活佛的驻锡地，除却嘉木样活佛世系，拉卜楞传承久远的四大赛赤（一世嘉木样雅巴的四大弟子）活佛世系也为全藏共仰。

然而，比起千里之外的圣城拉萨，和拉萨的三大寺，这寺和这城都低调得云淡风轻。

我第一次来的时候，车刚开进镇，看到路边的房子，闻到空气中煨桑的味道，情绪就在胸口鼓荡。摇下车窗问了个路，老阿妈对我笑了笑，我差点就落了泪。可我原本绝不是这样多愁善感的人哪！

走了那么远，都没有乡愁。可是，只要我一踏足藏地，乡愁便如杨花飞雪沾满了衣襟。

弦子和马头琴都是我不能轻易听的音乐，一听就要现原形，像古老的箭镞射中了心口，那痛还带着魂归故里的欣慰。

我曾在春阑夏盛的时候回到夏河，桑科草原上碧草盈盈，野花娟娟，牛羊闲适，有牧人在放牧。

乍看荒凉的地方，也有着生活的丰盈、适时的青翠。

我反复问自己，为什么身体里总藏着一股策马狂奔的劲儿，是因为，前世的记忆吗？

在我的追念中，前世的我，在草原上打滚撒欢，在草原上策马扬鞭，高歌长啸，迎着黎明的曙光，不顾一切奔向雪山的怀抱。

前方有什么目标和险阻，我不清楚。身后有什么顾念和不安，我不在意。

令人欢畅的，是这广大的寂寞、痛快的自由，还有那种不管不顾的热情（连危险都是迷人的）。

这些都是今生的我缺失的。虽然我获得了表面上的平静和从容，可那些久远的记忆，犹如血液里的痼疾，是这个皮囊下的“我”依旧向往和眷念的。

现在的我，像一个残废的人，抱着残损的肉身泅渡余生。现在的我，像一个解甲归田的将士，在佛前一遍遍诵经，忏悔罪孽。

曾经的不可一世、万丈雄心都收敛了，沉寂了，化灰扬尘。只剩一片向佛之心，摇摇曳曳，如风中春草，匍匐前行。

在拉卜楞寺转经，这里有很长很长的转经廊。多数的时候大家口诵真言，不交一语，前后左右碰上了，会微笑致意，互道一声“扎西德勒”（这一句问候祝福在全藏区都是通用的）。

没有正式皈依和学习之前，我对藏民的虔诚也有形式上的钦敬和羡慕，这种钦敬和羡慕所隐含的真实心态是觉得他们和我们不一样。

我们自觉是一群物质相对充裕而信念不明、内心麻木迟钝的人，他们是物质相对匮乏而信念洁净有力的人。

这样的觉知，不算错，但仍带着显而易见的分别心和傲慢心，需要慢慢溶解、清退。

不再津津乐道于他们的虔诚，和某些特别的宗教仪轨，皈依了之后会观想，除了各自的因缘和业力（别业），我们没有什么不一样。共业让我们成人，成为同胞，成为亲人，成为佛教徒，成为佛陀的追随者。

不是膜拜佛陀这个人，而是追随他的智慧、他所昭示的正法。只要发心一致，矢志不忘，或早或晚，我们都走回到同一条路上。

所以殊途同归，所以万法万念，皆归定于慈悲。他们诵过的真言、走过的转经路、磕过的等身长头，也是我们的福德资粮。他们匍匐丈量大地的身影，就是我们。

冬日的夏河，白日安宁静谧，阳光浓郁。日落得晚，愈发显出夜的珍贵来。晚来星群浩瀚，光华璀璨，令人观之失语。

由日至夜，空气中始终弥漫着酥油和煨桑混合的味道，这令外来人微微不适的酸香，是藏地特别的气息。街道上，所见最多是老人。藏族的男女，少时美得灵动生猛，愈老愈耐看，如被岁月打磨过的松石蜜蜡，眉目间有温厚润泽的美感，最难得的是，言行中没有世俗的琐碎和计较。

我绕着这城、这寺，如绕佛塔，如绕佛身。

隐秘的真言从心头涌起，穿山渡水，穿云裂月而来。最触心的，仍是那随处可见的喇嘛红。年老的僧人手持念珠悠然穿过人群，步过街市。

如我老了，也要修得这份宠辱不惊，气定神闲。

年轻的僧人背负书卷米粮行囊，穿街过市，嬉戏打闹，举动与大学校园里的学生并无不同。他们也喜欢穿着僧袍打篮球、踢足球，红袍翻飞，矫健如豹。擦肩回眸时，双眼明亮如星，笑意有光。

在拉萨，在尼泊尔、印度、不丹，我无数次为这样的身影和眼神而心潮澎湃，遇到一些年纪幼小，超级可爱软萌的小学僧，恨不得立刻抱走，拐回家供养着。

这些身着袈裟的人，他们前世与我为邻，与我为友，馈我烛火，赠我微光，所以今世的路上，有不退的光明和期盼。

大夏河在贡唐宝塔前蜿蜒流淌了三百年。晨钟暮鼓，一代又一代僧人的诵经声、持咒声，汇入了流水之中，凝聚成不朽的真言。这河亦如恒河，见证着无数高僧大德的自我砥砺和证悟之路。

证悟的人，睁眼望去，这烟火迷离的人间，不过是一场盛大的孤独，充斥着虚妄的狂欢。爱与恨两两相望，美与丑并道而驰。

我们用尽一生气力将自己从人世剥离出来，又再融入进去，如此才算完整无憾。

我徜徉在寺中，雪后的拉卜楞，发光发亮，净美如雪莲。闪闪发光的佛殿和金顶是它的花蕊，“便玛”（红柳条）所制的棕红墙带是它的花茎，那白色的僧舍是它的纹路。

与我同来的僧人，伴我同行。他笑容羞涩，有着融合男女的俊与美，也许修行到一定程度，性别和性格亦会趋于中性，不再有明显的男女之别。

他是想成为多然巴格西的人，我深知这不易。（格西是藏传佛教对佛理明辨无碍的僧人的尊称，有多个等级，形同学位，需要通过规模不同的辩经来验证，考取。）

从入寺开始，每位学僧都要对显宗的五部大论——《释量论》《般若论》《中观论》《俱舍论》《律宗论》，进行全面系统的学习。这显宗的五部大论，加在一起也不过几百页，可是要通晓它们所要阅读的书籍却多得不可胜数，足以将人淹没。

一般僧人大概需要十五年的时间来学习这五部大论，而那些立志要成为多然巴格西的僧人，还要再修习二十多年。

所以，即使是一刻不停地学习，成为多然巴格西，也要用二三十年的时间，这仅仅是显宗课程的一部分。随之而来的，还有密宗的修学。对于矢志求道的人而言，修行随时可以开始，但却永远不会结束。人身微渺短暂，时间永远都不够用……

我没有问他会不会厌倦，就如我知道，我不会厌倦正法一样。坚定的皈依，智慧的吸引，胜过了尘世的爱与欲。

他应该比我更坚定，更懂得身体力行。

这翻涌的轮回，也有清澈的沉淀。一个人如果足够丰盈、完满，就可以切断男女贪爱。

我在高原小镇，常生起隐世之心。一个人，若能将人间情事勘破，拥有一颗清净无垢的心，应该就可以拥有永远轻盈的骨骼和心。

日暮乡关，如鲠在喉。一别再别，我期待着，真正走回去的那一日。

拾陆

青海湖边塔尔寺

一

十年前，我第一次回到拉萨，在大昭寺的觉沃佛殿的左侧看到宗喀巴殿，殿中有宗喀巴大师的造像，我匍匐在高高的法台下，向祖师磕等身长头。

那一天起，我对自己说，一定要尽快去塔尔寺，去到祖师爷的出生地——青海西宁湟中县。西宁是唐蕃古道的要塞，而青海（安多藏）这片圣土上，不单有文成公主、仓央嘉措的遗迹，还有宗喀巴尊者和无数高僧大德的圣迹，闻名遐迩的塔尔寺、佑宁寺、夏琼寺。

此外，它还是古代唐蕃鏖战的地方，唐诗里雄浑高昂，令人血脉偾张的边塞诗，除了新疆，大多是描述此地。它还有德令哈（海子在那里写下《姐姐，今夜我在德令哈》），有西海镇（王洛宾在那里写下《在那遥远的地方》）。

这些诗和歌让我对青海有了不能割舍的情结。

姐姐，今夜我在德令哈，夜色笼罩
姐姐，我今夜只有戈壁

草原尽头我两手空空
悲痛时握不住一颗泪滴
姐姐，今夜我在德令哈
这是雨水中一座荒凉的城

除了那些路过的和居住的
德令哈……今夜
这是唯一的，最后的，抒情
这是唯一的，最后的，草原

我把石头还给石头
让胜利的胜利
今夜青稞只属于她自己
一切都在生长

今夜我只有美丽的戈壁空空

姐姐，今夜我不关心人类，我只想你

——《姐姐，今夜我在德令哈》

除了盛唐诗人的边塞诗，大概也只有海子会令我在途经青海的时候，心生那么浓烈的悲伤和怀念。

“德令哈”是蒙语，意为“金色的世界”。海子在诗中三次提及“德令哈”，重提这不可企及的“金色的世界”。可是他知道，我们也知道，美好的一切只存在于过往或幻想当中；现实，在一个忧伤柔弱的人看来，往往是冰冷的，充斥着巨大的、无法填满的冷酷和空洞。

他说“草原尽头我两手空空，悲痛时握不住一颗泪滴”，与陈子昂《登幽州台歌》所言的“前不见古人，后不见来者，念天地之悠悠，独怆然而涕下”的意境何其相似相近？

黑夜的绵密，戈壁的荒凉，天地的辽阔，都反衬着一个人的无助和悲苦。

雨声淅沥，悲音不绝。当海子在德令哈的雨夜呼唤着“姐姐”的时候，他是在呼唤心中可以抵御寒意、抵抗孤独的爱人和战友。

你知道吗？海子。我不是那么认同你，可是我喜欢你。所以我要告诉你，你从来都不是孤军作战。只是天地太大，黑夜太深，你看不到你的同伴身在何处。

你爱的人，爱你的人，都会来到。在这片美丽的星空下，我们终会聚集。

八年前的夏天，我回拉萨的时候，特地转道去了西宁。西宁给我的感觉真好啊！真亲切！天那么蓝，人那么朴实，不管是回族、藏族，还是汉族，他们看我都是笑眯眯的，是会时时刻刻施以援手的。

那一年，如果没有那些人的热心帮助，只身一人的我是无法顺利从甘南的拉卜楞寺转到塔尔寺再顺利回到拉萨的！

随便挑个咖啡馆吃了个简餐。点了个蛋包饭，巨大、美味、便宜且不说，老板还坚持开车送我去火车站，到了车站又遇到好人帮我提行李，上了车遇到一群在内地读书，放暑假回那曲和拉萨的孩子，一路跟接力似的把我照顾得妥妥的。

我回到拉萨吹嘘了半个月。咱这运气，也是能发个奖状了！

我记得青海湖边油菜花炫目的金黄，接天蔽日，像人们亘古以来追寻的美好幸福；青海湖水随日影变幻的颜色，像看也看不透的世事人心。

去年又去了一趟青海，高原的秋日，手指所触的阳光皆成黄金。天空没有一丝云，苍穹深远得让人诧异。

高原的湖泊总是如此宁洁、纯粹，仿佛潜藏着巨大的、亘古以来的秘密和力量。青海湖边，长风浩荡。我与它两两相望，日夕不厌。仿佛又是一个千年，抵死缠绵。高原暮色如酒，叫人未饮先醉。

面对着这山、这湖、这寺，我像去赴故人之约，未见时有千言万语冲击胸怀，见到时，却觉得千言万语都化作虚无。

言语已经无关紧要，只要看见，看见你在那里就好了呀！

我喜欢这荒芜，和这荒芜中不加修饰的美。

虽然我一遍遍重申我的藏地情结，虽然我也不知道它从何而来，但我知道，这感情诚挚而浓烈，它与我此生出生在何处、是什么样的人毫无关系，它只与我尚未消尽的业力和牵绊有关。

背负着前世的因果前行。是因为这样，别人眼中的荒凉和贫瘠，才成为我眼中的广袤和欢喜吧。

回到西宁，烟火人间扑面而来。高楼鳞次栉比，购物中心名牌林立，已有了现代都市的气质雏形。私心里，我不希望西宁再繁华了，它就这样就好了，够生活就好了，青海一定要建设得非常现代才算成功吗？

如果可以选择，我希望它在完善民生的同时，能够一直保持古朴天真的风貌（真的，拉萨已经过于繁华了，如果不是它的宗教精神依然延续，如果不是老城中的寺庙和街道还保有些许旧日落拓的气质，这座日光之城，我也不敢相认）。

二

回到西宁，我去了塔尔寺。

塔尔寺是先有塔，而后有寺，故名塔尔寺。藏语为“衮本贤巴林”，意为“十万狮子吼佛像的弥勒寺”。这寺是由一座白塔而来，塔旁是一株菩提树（主干在塔内）。

传说宗喀巴尊者诞生时，其母香萨阿曲铰断脐带，滴落了三滴血，生出一株菩提树（白旃檀树），树上有十万片叶子，业障较轻的人能看到每片树叶上显现的狮子吼佛像（释迦牟尼佛化身），“衮本”（十万身像）之名即源于此。

卫藏佛法衰落混乱的时代，在距拉萨千里之外的青海，有无数人默默坚持学习着佛陀教法，他们当中的一位，便是后来创立格鲁派的一代宗师宗喀巴。

尊者七岁受戒出家，法名洛桑扎巴（善慧称），16 岁时前往卫藏求法。尊者离家千里，其母香萨阿曲年事日高，对爱子思念不已，托人捎信给尊者，信中夹杂了一缕白发。

尊者见信，心中煎熬，思量之下仍决意留在卫藏继续求法。他给母亲捎去一幅用鼻血画成的自画像和一幅狮子吼佛像，并在信中写道："若能在儿出生之地用十万狮子吼佛像和菩提树为胎藏，修建一座佛塔，就如儿回来见母一样。此举会对那里的佛教兴盛大有裨益。"香萨阿曲尊重儿子的意愿，翻印了十万狮子吼佛像，又以黄缎包树，作为胎藏，集广大信众之力建了一座莲聚塔。有此塔故，又经后世屡次加建，才有了塔尔寺。

得尊者授记加持故，青海的法脉延续昌盛至今。

绕塔而行，我肯定是属于业障深重的那种人，因为死活看不出树叶上的狮子吼佛像，看不见就是看不见，不能说假话。

眼前香雾缭绕，阳光翩跹如蝶，栖息在眼眸上。来得不是时候，未见到菩提花开，但我知道，每当花开的时候，塔尔寺中的祈寿殿最为惊艳。传说七世达赖格桑嘉措为该殿开光时撒了一把吉祥米，吉祥米化作漫天的花雨落下，"花寺"由此得名。

菩提花初看似桂子，那细密的花朵仿佛佛陀的心，又仿佛信徒的祈愿，在高原的阳光下熠熠生辉，生生不息。

在轮回和注满了时间的阳光里，塔尔寺的菩提树们至今枝繁叶茂，郁郁葱葱。它以尊者灵血为根，以清净法脉为主干，以三主要道（下士道、中士道、上士道）为枝，汲取三乘精髓，吐露般若芬芳，慈荫庇天下，法果遍十方。

愿众善习尊者所著《菩提道次第广论》，收获金刚乘之果实，成就狮子吼佛之果位。

我在大金瓦殿、九间殿前随众磕等身长头，祖师和诸佛都在我面前。持咒观想，此地犹如坛城。

我知道，这不是形式上的虔诚，这是内心的皈依。

我无法言说宗喀巴尊者的重要性。一如我无法比较莲师、密勒日巴、八思巴……他们哪一位对藏传佛教而言更为重要。或许他们的出身、经历、面容因因缘而显现出不同，然而灵魂一直未变，责任一直未尽……

三百多年后，一世根钦嘉木样雅巴（遍智妙音笑）俄旺宗哲从安多出发，前往卫藏。这是遵循前贤的足迹，更是遵循尊者心迹的求法之路。俄旺宗哲亦是牧民之子，在卫藏苦修多年，终成一代大师，被第司（藏王）桑结嘉措尊为上师。

尊者身前身后都有无数的高僧大德。毫无疑问，他们都是佛陀的化身，是雪域的怙主。无论何时何地，何种境遇，以何种方法，他们都在向这贫薄世间弘扬佛法，广洒恩慈，福泽世人。

令人欣慰的是，佛法传入雪域之后，一直在此兴盛不绝。卫藏、安多藏、康巴藏相互接续法脉，从无间断。如尊者这般灵魂无垢、智慧圆满的人一代一代接棒传法，前赴后继，义无反顾。

我深信，即使以黄金铺满大地，以恒河沙等身命布施，亦无法偿报他们的恩德。

无缘大悲宝库观世音
无垢大智涌泉妙吉祥
摧伏魔军无余秘密尊
雪顶智岩善巧宗喀巴
贤慧普闻足下作白启
无可思大悲藏眼观视
无垢智主师利微妙音
无余群队魔灭唯密主
雪岭胜贤顶严宗喀巴
善慧称扬莲足下祈祷

——《宗喀巴大师祈请文》

至诚顶礼具恩上师，以我三世因果为誓，未证菩提之前，已证菩提之后，永不离世尊法教。

三

塔尔寺和拉卜楞寺的酥油花和展佛都是极有名的。酥油花是一种由酥油染色塑形像物的特殊技巧，为“塔尔寺三绝”（酥油花、壁画、堆绣）之一。

藏族信众历来有向寺院供奉酥油的传统，原来仅供点佛灯和僧人食用。相传 1409 年藏历正月初八至十五日，宗喀巴尊者不分教派门户、聚集上万僧人，在拉萨大昭寺举行祈愿大法会，纪念佛祖释迦牟尼。

法会期间的一个晚上，尊者在梦中看到遍地荆棘变为明灯，杂草化为鲜花，世间顿时光彩灿烂。尊者醒后认为这是佛祖的点化。

藏地的冬日难觅鲜花，尊者发动僧众用酥油塑成花木、佛像、青山秀水，连同酥油灯供奉在佛像之前。还有一种说法是，尊者学佛有成后，曾亲手制作酥油花作为花鬘敬献给大昭寺的释迦牟尼等身像。

无论来源如何，这项习俗得以传扬，藏历正月十五的酥油花灯会也由此成为惯例，也很快传回了尊者的故乡——青海塔尔寺，在当地僧众中得到广泛传播，达到了很高的艺术造诣。

酥油花的制作过程有如雕塑，分为四道工序。首先是“扎骨架”，用草束、麻绳、竹竿、棍子等物扎成大大小小不同形态的“骨架”，塑造基本模型。

其次是“做坯胎”。塑造的第一道原料是用上年拆下来的陈旧酥油花掺上草木灰反复捶打，制成韧性好的黑色塑造油泥，裹在骨架上完成粗糙的大造型。

再次是“敷塑”。原料是在加工成膏状的乳白色酥油中糅进各色矿物质颜料，调和成五颜六色，涂塑在形体上，有的还要用金银粉勾勒，完成各色形象的塑造。

僧人在寒冷的房间中搭架塑形。为防止酥油因体温融化影响塑形，需要不时将手放进雪水中降温。制作过程之漫长艰辛，令艺僧们常生出冻疮，然而，对佛教的虔诚和对艺术至美的追求，超越了肉体上的痛苦。

最后一道工序则是“装盘”。将塑好的酥油花用铁丝安装到位，固定在几块大木板上，连接成错落有致、情节连贯的系列板块。

一座大的花架上，往往要塑造几十个，甚至一二百个人物组成的故事画面。其中菩萨金刚安详端坐，飞天仙女身姿绰约，花鸟虫鱼栩栩如生，人物神形兼备，亭台楼阁金碧辉煌，画面繁而不乱，绚丽多彩，令人叹为观止。

全部工序结束之后，再经过德高望重的高僧开光，一件酥油花作品便告完成，可供人观赏。

现在条件好了，可以把酥油花放在有冷气的房间里长期保存，而在以前，精心制作的酥油花只保留一个晚上。藏历正月十五日晚上举行酥油花灯会，当月亮升上天空，僧人奏起法乐，点燃酥油灯，摆好酥油花。是夜灯火亮过繁星，人们在此玩赏、祈愿、共修。待到天明，所有的酥油花都会消失无踪，象征着佛法所言的水月镜花，万物无常。

塔尔寺的酥油花展在不断发展中还形成了竞争，有如牛津、剑桥间的划艇大赛。寺中有上、下两个花院，两院无隶属关系，且具竞争性。每年农历十月，两花院各自选定主题，至来年正月十五方才告竣。这三个月中，两院艺僧互相保密，直至展出时才能一睹彼此作品真容。

拉卜楞寺的艺僧也延续了这一做法。

展佛的活动，在藏区的各大寺庙都有开展。我参与过的是“雪顿节”期间哲蚌寺展佛，那真是规模浩大、毕生难忘的事。我们凌晨四点就来到哲蚌寺山上，到晨曦微露的时候，人已经多得漫山遍野，真真是针插不倒，水泼不进。

当法号吹响，当佛像迎着晨光徐徐展开，覆盖了整面山崖，漫山遍野都是欢呼声，祈福声，诵经声……即使亲身经历，我依然很难描述那种情境之下的震撼和感动。

会不由自主落泪，会匍匐在地忏悔。我们中的大多数人充其量只是对佛法有兴趣或受其鼓舞的佛法学生，但是，成为真正的修行者是完全不同的事。

与这如山如海的虔诚相比，我们累生累世的“我执”和罪业同样深不可测，难以轻言撼动。

红尘深重，道心清浅，你从他生来，我从此时返。

请许我，在你的怀抱里，重塑金身，摩顶受记。不再三心二意，误入歧途。

来时风雪都预设了天意，愿所有的来路都成为归途。我愿为此奔波在与你重逢的路上，竭尽余生。

拾柒

蓝毗尼

启程去蓝毗尼的时候，是尼泊尔时间的清晨六点。

白日里喧嚣的加德满都此刻异常安静，像妖娆的舞娘裹紧了沙丽沉沉睡去……

酒店华丽如宫殿，穿廊而过，连侍应生都未出现。踏足在密厚的地毯上，仿佛行走在别人的梦中。

昨夜有人在此举行了盛大的本地婚礼，歌舞欢腾，篝火不熄。尼泊尔和印度一样，一墙之隔，就是九重天界和烟火人间，落差巨大。

窗外的蓝花楹不知疲倦地开着，紫色的花树，映着鹅蛋青色的天空。震后的加德满都，细看还有疮痍未愈的倦容，但那些美好的小细节依旧鲜活如初。

车经过的时候，我看了一眼博达哈佛塔，那双佛眼依旧含笑温柔。

博达哈佛塔于我而言，是如坛城般的存在，我看见它就仿佛看见布宫，因为那里，每天也会有许多僧侣和藏人在不知疲倦地转塔、转经，当我加入他们的行列，口诵真言，感觉千山万水，我们常在一处。

四年前我来到尼泊尔的时候，是为了转机去不丹。有限的时间里，我浏览了加德满都所有的知名景点，也去了博卡拉，唯一没去的，是一直念念于心的蓝毗尼。

三年前去印度的时候，赶到菩提迦耶跨年，在正觉塔下长跪安禅，那时升起的念头是，我一定要去蓝毗尼，去到佛陀出生的地方看一看。

如果这是执念，这也是好的执念。

这一次，在好姑娘柔漪的安排下，在亲爱的匡匡和悦悦的陪伴下，我又回到尼泊尔，除了来朝拜莲师，拜见贡嘎和明就两位仁波切，最重要的是，我们的行程里，有去蓝毗尼这一项。

去年四月，加德满都地震，引发珠峰南坡的雪崩山难，我的朋友们都很揪心，哥哥更是亲力亲为参与了后续很多的援救工作。当朋友圈都在传递加德满都地震的情况时，我一再回忆起这个不那么富裕，却魅力十足的地方。

世界性的非物质文化遗产十毁其八，博卡拉的户外线路遭到严重损毁，这一切，对这个国力贫弱，以旅游为支柱的国家来讲不算一个好消息。

是在修习佛法之后，才更明白世间万事万物息息相关的道理，也更懂得，没有哪一处的苦难是真正与己无关的。你就是万物，万物就是你。我们既不能望而却步，也不能漠然相待、袖手旁观。

众生都身处一个巨大的因果链上，差别只是短暂显现的福德和苦难不同而已，如果不能做到无缘大慈、同体大悲，那么终有一天，当我们自己身处苦难和困境的时候，会同样痛苦和绝望。

如果自私自利能够让我们得到幸福的话，那么，这么多世以来，我们早就该得偿所愿离苦得乐了。而事实上，因为无明和我执，我们被困缚在烦恼里，被业力推动着深陷轮回。

佛陀是这个世上我最感激、最崇敬的男人，普通的老师能教给我们知识，而佛陀教予我们的是智慧。同行的朋友说得对："聪明靠的是头脑，而智慧，靠的是心。"

愈修佛法，愈能感知到因缘的奇妙，当它成熟的时候，你的心会突然灵光一闪、灵机一动，有一种声音会告诉你，就是此刻了。

快有快的好，慢有慢的妙，这时隔四年到来的因缘，默默延续，在此刻瓜熟蒂落，绽放成花。

机缘成熟另外的标志是，会有志同道合的人来到你身边，大家聚在一起，会非常满足开心。

去蓝毗尼的前一天，我们去到帕屏，那是被莲师和他的佛母加持过的地方，他们曾在此地修行。

我腰伤未愈，是被小伙伴们和仁波切的司机护送上去的，累得他们吭哧吭哧，他们不知道我心里有多感激。每一次，在旅行和生活中，我都能遇到各种各样的善缘，它们帮助我达成心愿，让我感受到无处不在的善意温存，也一再提醒我，要用同样的方式善待别人——无论是一面之缘，还是有很深很深的缘分。

在莲师修行的小洞里和僧人们一起诵经，做短暂的观修。我总是惭愧平时自我感觉很良好，只有在和别人一起修行的时候，才能意识到自己的散乱懈怠，是如此不堪一击。

我不想强调所谓的加持，复述莲师的神迹，那些都只是表面的花哨而已，对于非佛教徒而言，都只是姑且一听的神话。

而对真正的修行人而言，山河大地，悉呈妙相；花鸟鱼虫，无非般若。

要参悟的，是一切显相背后的深义，重要的是，有一颗一心向道的心，以及明了这心万般幻化之后的实相。

走得越远，越要记得，是为什么而出发。

坐上小飞机（这一次坐的飞机好像新了一些，哟嘿！），哗啦一下到了蓝毗尼。好像只是打了个瞌睡的时间，醒来，已经到了梦想中的圣地。仁波切安排好中华寺的僧人带司机来接我们，省却了许多波折。

蓝毗尼和菩提迦耶很像啊！都是小村落，连发音都一样婉转美妙。可是蓝毗尼却没有菩提迦耶“热闹繁华”，略显破败，如果没有人引路的话，很容易就错过了释迦牟尼出生的圣园。围绕着圣园，各国的佛教机构都建造了各具特色的寺庙。我开玩笑说是各国驻蓝毗尼大使馆。

我们在深圳弘法寺主持修建的中华寺喝了中国茶，吃了斋饭。住持庙务的僧人极和气，长了一双罗汉式的长寿眉。中华寺堂庑阔大，花木扶疏，有中式园林的佳妙，甚大的庙宇，只有九个僧人和义工在打理，里里外外要打理得井井有条，还要不耽误修行，不是不辛苦的。

蓝毗尼酷热少电，物资紧缺，他们在这里生活清减，是货真价实的苦修，十多年了，没有十足的向道之心是坚持不下来的。

饭后去了圣园，僧人说，他们除了早课晚课之外，每天都会到这里来禅修打坐，绕着摩耶夫人庙遗址、圣池、阿育王的石柱顶礼，在菩提树下禅修，觉得这是莫大的福报。

我们依循僧人日常的足迹一路行来。短暂的时光足堪珍惜，想起佛陀在这里降生，想起佛法在这世上出现，想起有无数人无数世历经艰难依然一心向善、专心向道，想起正法历经了千年依然护持着众生，这些都让人有泪如潮。

此刻真实体会到加持，真正的加持是心与心的互证、相通，不是谁的手抚摸了谁的脑袋。再一次贴近佛陀的心，他在这里降生，开始他人生的旅程。他舍弃世俗短暂的物欲和享乐，只身向道，最终证得正等正觉。

我想起那传说，按照当时迦毗罗卫国的习俗，国王的妻子摩耶夫人要回娘家待产，当她行至蓝毗尼时，佛陀降生了。他身上的大智光明照耀十方世界，地涌金莲，托起他的双足。

传说佛陀甫一落地，便会走路、说话。往东西南北各走了七步，一手指天，一手指地，作狮子吼："上下及四维，无能尊我者。"

"天上地下，唯我独尊"这句话，便出自于此。

佛陀是一无所有的人吗？不是。他生而贵为王子。就算是再小的国家，哪怕是一个村，保证他个人的荣华富贵是没有问题的。他是没有野心的人吗？不是，他要达到的目标、要实践的心愿，胜过世间所有的帝王伟业。

此刻蓝毗尼的花开得极好，火红的合欢花在天空盛开，像天女在吟唱舞蹈。圣园中的花种类繁多，好些是我这个植物盲叫不上名字的，所以就不献丑了。只是我想，这圣园里的花也似众生，各有因缘，各显姿态，各呈其美。

佛陀所教授的佛法，从不曾要求我们成为一模一样的人，不是吗？他指引我们的是走向各自的美好和盛放。

在菩提树下打坐，观想着荷塘生出白莲，那莲花上有佛有众生，身如琉璃，内外明澈，净无瑕秽。

阳光传枝过叶，洒在身上，那细碎浮光犹如漂移不定的心念。

眼前这一株菩提树，是从斯里兰卡的菩提树上分枝而生的，而斯里兰卡的那株菩提树，是从菩提迦耶的母树上分枝而生的。如此这般，辗转归来，也昭示着佛法的传承延续。

睁开眼睛，就能看见阿育王所立的残损石柱。佛陀圆寂二百多年后，古印度孔雀王朝第三代君主阿育王与其戒师优婆掘多等来蓝毗尼巡拜佛迹，并于公元前 245 年建石柱纪念。阿育王石柱上刻有阿育王的敕文，证实此处确为佛陀诞生之地。

这佛教历史上赫赫有名的护教国王，倾尽一生心力护持佛法，他在位时，组织了佛教历史上第三次重要的结集。当时僧团人数激增，很多外道为求衣食混入僧团，不事正法，僧团中鱼龙混杂，导致一些正常的僧伽管理程序和诵戒仪式不能实行。阿育王请他的老师帝须出面宣讲法义，肃清僧团，恢复了寺院的正常僧务。

第三次结集后，阿育王分派上座部的长老去各地弘扬佛教，所到一处，自成一派。这才有了后来佛教里的经部、有部各个教派，使佛法得到更广泛的延续和流布。

纵然我们没有阿育王那样的力量，仍然可以全心向善，竭力修行，不问得失，不计成败，只问自心。

挖掘出人人皆有的菩提心妙宝，未得令有，得而不失。

像一场梦一样，我们在一天之内又折回加德满都。震后的加都依旧杂乱而美貌，人情和善，是热气腾腾的烟火人间。

虽然成住坏空，在所难免，但我们可以无限趋近佛陀的心，追随他的足迹。

检视自己，是为了找到自己，成为更好的人，不是吗？

去除执着和充满差别概念的心，安然接纳，享受当下的一切。你越强大，越能包容这世间表面的不完美。

拾捌

废墟上的圣境

一

很少有人会开门见山地告诉你，印度人民如此热爱唠嗑。

根据长相，他们开场的基本句式是：“Where are you from?Japanese? Korean? Chinese?”得到答复后开聊，基本上半小时不歇气，一小时不打磕，热情洋溢，自动无视你各种不想聊天的明示暗示，百试不爽的自嗨型。

印地语语速绵密且快，印度人民一开口，我就感觉是一根捆仙绳临空朝我抛来，整个人动弹不得。他们有时是基于纯粹的热情，有时是热情地想推销，有的是想拿到更多的小费。

被整崩溃好几回之后，我算是想明白了《大话西游》里唐僧为啥要到印度去取经。这种语言能力绝对撂倒东北人民，完胜北京土著——在聊天中完成思辨，也因此才会出那么多的大经师和学者。

这次旅行是计划多时的朝圣之旅，出于一个佛教徒的情感渊源，我心水的是在菩提伽耶跨年。是第一次去，所以选择了北部的常规路线，从广州飞德里，转斋浦尔、阿姆利则、阿格拉、卡杰拉霍、瓦拉纳西、菩提伽耶、最后从加尔各答抵昆明，返国。

印度去一次是肯定不够的（“去一次就高呼再也不去了的人”除外），因此心安理得地放弃了风情万种的南印度，安心在北印度游荡。

热爱旅行的人，大抵心里都住着一只不知疲倦的飞鸟。就算是轻轻掠过，也要经过那片天空。

去之前对印度的“脏乱差”早有耳闻，好在多年在西藏、新疆晃荡，自忖还有定力应付。有赖于心理建设比较全面，到达印度之后居然感到惊喜。

首先，人虽然是名不虚传地多（“人潮汹涌”这个词用在印度太活灵活现了！），劈头盖脑一阵轰乱中，定神细察，却是乱中有序，章法天成。车站、车厢虽然破旧，不比我天朝处处焕发着不锈钢似的齐整簇新，却比想象中要干净得多。

其次，一路都没有遇见老鼠，这是我最欣慰的事，也奠定了我日后再次前往印度的基础。

再次，被许多国家殖民过的印度，骨子里存留着很多微妙的绅士风度，比如，车站有外国人的售票口和候车室，某些景点还设有女士专用的购票窗口……真是贴心到位。

比到位更到胃的是平安夜那天晚上，从斋浦尔返德里的夜车上，懵懂之间被派发六道大餐，开胃小食（咖喱饺）、奶茶、饼干条、主食（米饭）、酸奶、甜点（雪糕），虽然都是普通的食物，但一道道送过来，足感被珍重善待。

妹尾河童在《窥视印度》中，用细致的文字和插画描绘了他眼中的印度，对印度的火车文化多有述及，令人印象深刻。

在印度的火车上遇见的大学生们，热情腼腆，与我的同伴聊到政治、经济、就业的话题，颇有见识，让人感受到这个民族的素质和希望。

二

我和我的小伙伴一行四人组成了“西游朝圣团”，三女一男的组合，A 总和林教授是新婚不久的夫妇，默契十足，我和阿绿是识情解意，丝毫不以当灯泡为耻，心理素质超赞的优质闺蜜。

A总四年前就手捧《Lonely Planet》杀到印度，这次当仁不让继续成为领队，负责制订我们全部的行程路线、食宿安排。团队中唯一的壮丁林教授是保镖兼侍卫，负责拎行李等一系列粗重活。阿绿和我是每天坐等领零花钱的甩手掌柜，再具体一些的分工是，段子女王阿绿负责每天挖掘笑点、找乐子，我是捧场王，负责点赞撒花。

我们在一起闲谈笑说，以后要建议身边的姑娘们在决定嫁人之前，带男朋友来印度。享得起福，不算能耐，去美国、欧洲、迪拜，谁都会喜笑颜开，要在印度游历，吃得了苦，不因坏境的恶劣而勃然变色，面对变数，能够泰然处之才算能耐。

无论贫富，对人持以平和友善的态度，在旅行中能够和女朋友的闺蜜们融洽相处，这样的男人，才值得托付终身。

与大多数身体力行的背包客相比，我们的旅行实在算不得穷游或苦游，住的都是有口碑的当地豪店，服务还是在线的。

在印度是这样的，要习惯微笑，不停地说“Namaste！”因为每个人都很友善，即使是唠叨也是出于明确强烈的善意。

近来有太多关于女性在印度遇险的负面新闻，让很多人对印度的治安秩序有所担忧和怀疑，但以我们实际行走的经验来说，实在没有那么危机四伏。总之，入夜之后不要乱逛，不去肾上腺素过高的场合（想艳遇的另当别论），旅途中着装简素、以低调便利为主，不炫富，不佩戴华丽昂贵的首饰，随和安分，保持适度的警惕和不占便宜的心理，是放诸四海皆准的守则。既然选择出门旅行，就该随遇而安。做好自己应该做的，其他的，就交给上天吧。

当飞机穿越薄雾，降落在德里机场，这国度初初落在眼底，是那样不修边幅。我知道，必须以清醒愉悦的觉知力去完成整个旅程。如印度教的箴言所说："无论你遇见谁，他都是对的人。无论发生什么事，那都是唯一会发生的事。不管事情开始于哪个时刻，都是对的时刻。已经结束的，已经结束了。"

这段话，流传甚广，细思之，却非暖身一时的心灵鸡汤。我相信，它源自真正的智者，是释然和通达的明证。若没有爱，没有平静的接纳、平和的相待、喜悦的认知，是无法达到这样灵智清明的。

这神奇的国度，如恒河那样源远流长，而它遭遇和承担的劫难，亦如佛经中所言的无量劫。佛说忍辱波罗蜜，很多人误以为是能够习惯和忍受屈辱，是逆来顺受不作抗争的意思，孰不知，忍辱的真意是顺引，是不怒地解决问题，这层深意，是印度让我体会更深——圣雄甘地的"非暴力不合作"思想，也许只有在这里才得以诞生和践行。

步步行来，它的隐忍和从容实非简单的言语可以道断。自然，它的粗粝和矛盾也显而易见。时至今日，种姓制度对印度的影响依然存在，甚至可说是根深蒂固，司机和侍者自有其活动的范围和规律，无论怎么邀约，没有一个司机会选择和我们同桌进餐，仿佛是约定俗成的规矩。

这国家叫人深觉错乱及魔幻。电视里的印度永远是一尘不染，鸟语花香，广告中的吃穿用度都与世界接轨、欧美同步，电视外的印度却暴土扬尘，处处疮痍……屏幕上的男女衣冠楚楚，明艳照人，欢歌曼舞，屏幕下的民众却衣着陈旧，面容沧桑。通常，酒店里是九重天界，歌舞升平，酒店外是惨淡人间。这对比的强烈，令我震撼，久久不能释然。

在中国固然贫富差距巨大，何者为现实残酷，何者为刻意造梦，到底还有迹可循。印度直如梵天法力所造的幻境，叫人无计可施。

以我游客的身份，肤浅的眼光掠过印度，很难切入这古老社会的肌理，对我而言，它是一个隐藏着深刻秘密的老人。

我只是不知，印度人民关上电视，走出门外，心中会否有落差？若有，又该如何平复？

我笑说，在印度当富豪是憋屈的，即使你能将自己生活的环境营建得跟皇宫一样，出得门去，吸的是同样污浊的空气，走的是同样颠簸的道路。

三

有一支非常适合在印度听的歌，是 Karunesh 所作的《Punjab》，女声吟唱，曲调明快，风情万种，和这个浓艳的民族相得益彰。

印度人是善于驾驭颜色的，以金红为主，辅之湖蓝、玫红、嫣紫，兼以白绿调和，所取之色皆明艳，绚烂到不可忽略。我曾看见皮肤黝黑粗糙的老年妇女身着湖蓝纱丽，这般张扬，在他处是少见的。她坦然步过，丝毫不觉违和，剩我在她身后，流连赞叹再三。

被打翻的不止是我的色彩观，还有我对事物的观感。原以为不可调和的事物，浑然天成地出现，纵然贫瘠惨淡，也要守护美丽，哪怕所拥有的只是一块纱丽、一件首饰，也美得泼辣鲜明，不屈不挠。

这一路行来，落入眼底的风景教我如此想。表面看来，印度委实贫瘠，毋庸讳言。深入去想，它又丰饶。我不能忘怀，尘土飞扬的道路上，看身着艳色纱丽的妇女经过，如盛开的花朵。遥遥一望，已入心田。行走在这广袤大地上的人，是最动人的风景。

在印度坐车是考验心理素质的，且不说路况之曲折，车况业已令人跪服。不正常的车才是新的、干净的，正常的车都是外部刮痕无数，内部设施陈旧。

司机不以为意，我们也就跟着淡定。不敢奢求舒适，标准渐渐低到只要车子能正常发动就可以了。

印度司机的驾驶风格极为彪悍，用“狼奔豕突”来形容实不为过。一辆破车开得四蹄腾空，配上街道上的尘土，颇有腾云驾雾之感。我算胆子大的，坐 tuktuk（音译吐客吐客，印度一种电动三轮车）也深觉惊险刺激。

街道之上，车流湍急。车与车间距极小，还有摩托车和行人穿梭其间，常有错觉会撞车或撞人，却每每涉险而过。印度司机的驾驶技术真叫人膜拜！想我一个在北京历练多时的人尚觉心有余悸，不知那些欧美来的、严守交规的人作何感想？

在印度开车太文雅的话，可能一天也过不了几个路口。好在印度教禁酒，所以看似凶险，其实无碍，通常司机在清醒状态下的驾驶技术都是值得信赖的。何况，留神看去，他们是乱中有序的。两车相遇，必有一让。这种从容礼让，与它表面的杂乱无序形成鲜明的对比。

穿梭在大街小巷，尝试了各种交通工具。有时会路过菜场，在路边的水果摊买水果，看见绿叶蔬菜就集体激动不已，奈何餐桌上很少见到绿叶蔬菜的全尸，估计是被碎尸万段之后裹在咖喱里了——念及此，甚是忧伤。

我老老实实在印度啃了半个月的死面饼子，以每天四杯的量豪饮了半个月 Masala Tea 借以度日，这是一种浓浓的姜味和香料味融合的奶茶，发音特别像玛莎拉蒂，每天干掉数辆豪车，感觉又土又豪。

吃不惯咖喱的四个人靠着对炒饭、炒面、干饼子的热爱，坚强地度过了半个月，对祖国博大精深的饮食文化升起无比的思念和眷爱之心，其间吃光了十五袋榨菜、若干老干妈和一袋老坛酸菜……每次看到老干妈的头像就泪流满面。

虽说这是朝圣之旅，若没有“老干妈”（女神！）的陪伴，我们很难保证还能一路欢歌笑语，不起嗔心。

四

在阿姆利则的金庙，赤脚进入，坐在一群当地人中晒太阳，旁边是排队等着领圣餐的队伍，漫长得望不到头。

我结跏趺坐，偶尔抬眼看那阳光下璀璨庄严的金庙，如此熟悉的朝圣场景，如此温柔的阳光，如此熟悉的氛围，我以为我回到了拉萨的大昭寺，可惜现在的大昭寺广场，暗潮汹涌，已经没有如此安然的氛围了。

那一刻乡愁如箭，穿心而过，只能坦然承受。我总是隔着时空无端升起对西藏的感情，汹涌浓烈到无处可逃。

当我睁开眼，我看见一个漂亮的小女孩站在我面前，对我微笑。她看我的眼神，仿佛认识我很久。她非常幼小，身边没有家人，来历不明，语言不通，她太小，无法用英文交流。我对她伸出手去，张开怀抱，她竟然顺从。之后差不多一小时，她一直围绕着我玩耍，和我们一起照相。她仿佛是我前世的亲人，特地来看我，陪我这一个多小时。

离开的时候依依不舍，几乎是不敢回头地逃走，怕看见她失落的眼神。现在我想起她，记忆依然深刻。不知她是否是庙里的孤儿，有没有人照顾她？若是，我能做什么呢？像《日月》中所写的那样领养她？我自问还没有这样的能力和魄力。

匆匆一会，心有遗憾，我不能给她更多。今世的缘分也许只有这清浅涟漪了。

辗转到了阿格拉，看夕阳下慢慢变成粉红、暗红、淡紫色的泰姬陵。

相信没有人会不被泰姬陵的美所打动。它端严华美，又空灵剔透，像一滴饱满深情的眼泪，在时光中将坠未坠，连污浊晦暗的天空也不能撼动它的美。

我默默坐在那里很久。世上有太多因丰功伟绩而生的建筑，唯有白色的泰姬陵，它是因爱而生的。中国的摄影师发现，泰姬陵在水中的倒影呈现出泰姬的少女形象。这是一个极有意思和见地的发现。

晚年的沙贾汗被儿子废黜，囚禁在阿格拉堡的八角宫内。沙贾汗每天只能透过小窗，凄然遥望远处河中泰姬陵的倒影，后来视力恶化，他只能借着一颗宝石的折射，来观看泰姬陵。毫无意外地，失势的君王最后郁郁而终。

女的红颜薄命，男的丧失权力，郁郁而终。功业易毁，唯一不泯的是深情。这故事怎么听来，怎么叫人感动。但其实沙贾汗不是什么仁慈多情的人，他好大喜功，倾全国之力，历时二十二年所建的泰姬陵，于他个人而言固然是心愿得偿，然而，耗竭了国库，直接导致了莫卧儿王朝的衰落却是不争的事实。

唯此百年，夫人爱之，惧彼无成，惕日惜时。存为世珍，殁亦见思。

此爱天下无双，多么美艳的讽刺！当年的沙场英雄垂垂老矣，艳绝一时的美人魂归九泉。惨淡人间，没有青山入梦，没有明月照影，孤灯寒壁，只剩回忆汹涌袭来，那相思的凭证，近在咫尺却不得亲近。独自莫凭栏，固然令人伤感，重点却在后面的“无限江山”，这一层惆怅暗恨，不是寻常普通人可以体会的。

他曾手握无上权威，如今，悄然换了天下。他念念不忘的，是那段刻骨铭心的感情，还是他曾经不可一世的威权？

他与她，阴阳相隔，生死如忘川难渡，真应了那句“别时容易见时难”。黄土盖身，值得后人玩味评说的，也许只剩这一段绮情。

刀光剑影，水影波光，俱成过往。如恒河中所有沙数，如是沙等恒河。世间千秋万代，如沙贾汗和泰姬一般的英雄美人亦不可胜数，我们都希望恒常，但无常，也很好。

终于还是到了恒河。走过一条喧闹拥挤的街道，进入古城，穿过数条小巷，入住《Lonely Planet》推荐的小酒店，景观极好，绝对地物超所值。晚上六点多开始，码头上有人在跳祭祀的舞蹈。原本是宗教仪式，而今渐渐沦为一种表演。

河岸边，有许多印度教的庙宇、三大主神的画像。有很多修行和漫步闲聊的人，各得其所。清晨早起，在恒河泛舟，点点水灯闪烁，在大雾中等待日出，船行悠缓，大雾使河岸辽阔，如茫茫彼岸，一船一渡，想着佛陀当年曾经步过这里，拈花微笑，如幻似真。

渐渐能看得见，有人在沐浴，有人在做礼拜，有人在洗衣，远处还有青烟飘起，不确定是否有人在焚烧尸体。就是有，看见也不会觉得恐怖。恒河就是这样，它有种莫名的力量，让人觉得世间任何事的发生、存在、变化都自有道理。

鹿野苑、灵鹫山、王舍城都离瓦拉纳西不远，我于是对佛陀的勇气又有一层新的体会。他初转法轮是在离瓦拉纳西只有十四公里的鹿野苑，只身深入印度教的圣城来传法布道，所演说的，正是反对印度教等级尊卑的“众生平等”的观点，隔了这么久远的时光想起，仍觉壮哉！

那灵鹫山和王舍城已几近荒废，不复昔年盛况，竹林精舍亦不知何处去寻，唯有那烂陀寺的遗址还能让人兴起怀古之思。

那林荫道，如今依然有大学的氛围。在菩提树下捡了很多叶子，那烂陀寺中，又有印度人凑上来聊天，得知我们是中国人，连声说：你们知道《西游记》吗？你们国家的玄奘很棒！我说：是的，是的！心中倍感自豪。

玄奘法师是牛人，古代中国最成功的偷渡客之一，古代中国留学生的杰出代表。他发心往天竺求法，偷渡出关，一路上九死一生，艰险万状自不待言，最难得是他学有所成，通晓三藏，以所学折服了印度所有的高僧大德。讲论时任人问难，无一人能予诘难，被大乘尊为“大乘天”，被小乘尊为“解脱天”——牛到让人五体投地，顶礼膜拜。

在遗址上漫步、安坐，不舍离去。昔日兴盛的印度第一大寺，如今令人更深地感知到无常，唯独没变的是那宁静博雅的学术氛围。

“那烂陀”梵语意为“施无畏”，是古代中印佛教界的最高学府和学术中心，据《大唐西域记》和《大唐西域求法高僧传》《南海寄归内法传》等记载，那烂陀寺规模宏大，全寺分八大院，曾有多达九百万卷的藏书，历代学者辈出，全盛时，有上万僧侣学者聚集于此。每天都有一百多个讲坛，学习课程包括大乘佛典、天文学、数学、医药等。

在废墟上念想往昔的高僧大德，不只是玄奘，还有义净、寂天……成住坏空，本有定数，佛寺可毁，正念智慧却始终流传。

不管世间几多变迁，觉悟的智者仍在光阴彼岸守护着众生。

是印度让我对藏传佛教的高僧大德们再度升起亲近之心，看着印度人的脸，我再不觉得，莲师、寂天菩萨、阿底峡尊者不够亲切了。我欢欣鼓舞地想，原来他们的真人版长这样啊！

就这样且行且停，沿着佛陀的踪迹，抵达菩提伽耶，我心中的圣地。这方圆不过一二公里的小村，是全世界佛教徒心中的圣地。佛陀经历苦行之后，行至此地，于毕钵罗树下的金刚座上结跏趺坐，证悟十二因缘、四谛法，得成正觉。故而毕钵罗树又称菩提树，即“觉树”之意。

菩提树下，金刚座前，至今仍有无数追求觉悟的人在孜孜不倦修行。

当我看见身着绛红僧衣的僧侣，当我们彼此微笑致意，互赠哈达，互道吉祥，你可知我心中的喜乐安宁？感谢上师的加持，让我得偿所愿。

我做大礼拜，身心合一地磕长头，匍匐在地。如是观想，愿无边有情众，同闻善法，离苦得乐。愿智慧之光遍及所照之处，皆为坛城。愿以己身积累之福德，回向有情，不求某生某世顿悟成佛，唯愿世世长行菩萨道。

如《金刚经》所言：“如是灭度无量无数无边众生，实无众生得灭度者”——是佛法让我懂得，你所有的福德都来自众生的慈悲和善待，而不是你的特出。真正的美，不是凌驾于人，而是包容并存、圆融无碍的。心赏天地，不伤万物。

心如莲花，身似莲花，这是印度，这也应该是我们。就算在废墟上艰难跋涉，也要拥有爱和信仰。

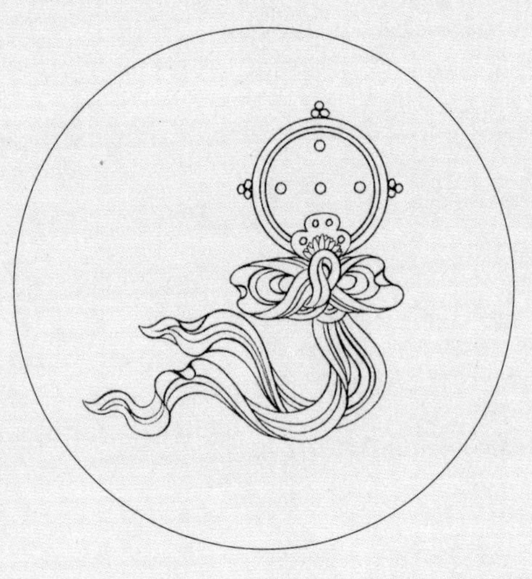

拾玖

无用之用 秘境不丹

一

会在今年再去一次不丹。

那里是我理解中更清净、更精致、更极致的藏区。在不丹穿藏袍、说藏语毫无违和感。不丹本来就是吐蕃王朝的一个部落，文化、宗教习俗都与西藏同源，直到十八世纪才独立出去。

那年我从尼泊尔过境去不丹，在飞机上和空姐交流，落地说简单的藏语，每个人都听得懂，报以友善的微笑和回应，让人立马有了回家的感觉。

飞机降落在廷布机场，据说很惊险，然而也没有很惊险的感觉，反正尼泊尔的小飞机也是同样令人叹为观止，痛恨自己没买保险。不丹航空还胜在干净整洁，空姐漂亮，空少英俊，给人耳目一新的感觉。因为全国绝大部分道路都是弯曲的山路，廷布机场的一千五百米的跑道被不丹人戏称为全国最长的一条直道。

从脏兮兮、灰扑扑、乱纷纷的尼泊尔过来，真觉得不丹干净整洁得像个处女座，空气中都有一种秩序感。机场里有国王和王后的照片，双双穿着国服（男穿帼，女穿旗拉，形式类似藏袍），真是美！可能是全世界最好看的国王和王后了吧！像童话里的王子和公主，郎才女貌，既登对又养眼，看了让人又相信爱情了呢！

我去的那年，他们刚结婚，去年，他们的小王子都出生了。嗷呜，真是时光飞逝，日月如梭啊！这两位好像一点都没变，还是那么好看、那么和谐，看照片都觉得情意绵绵，画面闪光。

这世上一定有好的感情，让人觉得心有期待，此生不枉。

似我等外来的八卦闲人，第一时间闻知乐道的就是现任国王与王后的爱情故事。我这么八卦的人来之前就谙熟于心了！现任是五世国王吉格梅·凯萨尔·纳姆耶尔·旺楚克（名字狂长，以下简称五世旺楚克）。现年三十七岁的国王英俊帅气得像个好莱坞的电影明星。

不丹王室向来重视教育，王室后裔多前往美国和欧洲接受深造。五世旺楚克从小就接受精英式教育。在不丹的央钦普格中学毕业后，被送到美国接受高中教育。在那里，他爱上了NBA、足球和“猫王”埃尔维斯·普雷斯利。高中毕业后，先后在美国的惠顿学院和英国牛津大学修读了本科和研究生。

出生于1990年的王后吉增·佩玛同样是个毋庸置疑的大美人，早在六年前的婚礼上，她的大方得体已经深得王室和民众认可。

佩玛王后接受的同样是东西方融合的精英式教育，曾以优异的成绩考入印度最好的学校——萨纳瓦尔的奥伦斯学院，学习英语、历史、地理、经济和绘画。毕业后，又在英国摄政大学主修国际关系心理学，辅修艺术史。

藏族人的好基因在他们夫妇身上尽显无余。王后与国王相差十岁，国王曾公开讲述过他与王后相恋的故事：“我第一次见她时，她还是个小孩子，大概七八岁的样子，那年我十七岁。那是一次野餐旅行，她刚好也在。她走到我面前，叫我带她走。我问她：‘你应该跟你的好朋友去玩，为什么想和我走？’她说：‘因为我喜欢你啊。’我蹲下来看着她，说：‘你很特别呢，如果你长大之后我没有女朋友，你也没有男朋友，如果命中注定我们会再遇到，你做我的妻子，我做你的丈夫吧。’——几年之后，我们真的再遇上，我问她：‘你对我的感觉还一样吗？’结果发觉，原来一切都没有改变。”

尽管被民众爱称为“平民王后”，但和凯特王妃一样，这位王后真正的出身并非平民，她的父亲是前扎西冈总督延里的外孙，而母族则是不丹最古老的贵族之一——布姆唐家族。

五世旺楚克践行着一夫一妻的制度，他的态度和行为也深深地影响着不丹年轻人。而他的父亲四世旺楚克的感情，则是另外一种传奇。四世旺楚克娶了同父同母的四姐妹为妻，也就是说他拥有四位王后。必须负责任地说，这么做当然是有一定原因和历史渊源的，并非因为贪色。

这一切还需从不丹的国父说起。西藏竹巴噶举的喇嘛夏尊·阿旺南嘉为避宗教纷争，1616 年从西藏逃到不丹，他统一了不丹的部落，确立了竹巴噶举派在不丹的国教地位，被视作不丹国父。

不丹的王权和神权是分离的，国王由旺楚克家族担任，夏尊·阿旺南嘉圆寂后，他的三个（身语意）转世中有两个都落在了四位王后的父族。后来不幸发生了转世者被暗杀的事件，这是不丹王室和民众不愿提及的一段旧事，在很长的一段时间里都是禁忌。

正因为四位王后的父族是不丹深具宗教影响力的转世尊者家族，四世旺楚克迎娶四姐妹才具有特殊的意义，这联姻象征不丹王室和转世者家族冰释前嫌。过程并非一帆风顺，决定亦非无人反对，最终，四世旺楚克用他的勇气和魄力赢得了人们的认可和钦敬（这其中也包括他的妻子们）。

四世旺楚克的王后（现在的王太后）在自传《秘境不丹》里提到："夏尊·吉格梅·多杰于 1931 年在塔罗惨遭暗杀之后，没有一个不丹国王过问此事。1988 年，国王决定，由他来打破这个禁忌——他的孩子成了遇刺夏尊的后裔，他还要去塔罗，和它名叫塔罗加普的强大保护神讲和。此举令僧侣团体和大臣们非常惊愕，他们很担心打破禁忌的后果。"

国王和四位王后都接受过良好的教育，感情不错。王后姐妹们之间也没有明显的争执和分歧。尽管如此，四位王后的居所还是相隔很远，避免不必要的接触和争端。

四世旺楚克在不丹人民心中是神一样的存在，他却不恋权力，主动退位，于 2008 年将王位传给现任国王。尽管不丹在外界看来小如部落和城镇，管理起来并不难，但国王主动要求开启民智，积极推动国民教育普及，推进现代化进程，主动放弃世袭制，鼓励民众行使民权，建立现代化的政府，进化成君主立宪制的民主国家，还是非常难得的。

四世旺楚克主动将王位传给儿子，安享闲适的退休生活，这份胸襟和远见不得不令人佩服。

就算国家小，那也是个王啊！

二

马年转山时，去到亚东，饭后在那个僻静的小城轧马路，看着满天星光，某人指着眼前黑黢黢的一座山说：翻过那座山就是不丹了哟！我说：您体力好，您先请！我估摸着明天这时候你就进入不丹了，省不少钱呢。

可不是吗？不丹每年限制入境人数，签证难办且不说，入境前还要按停留天数，每天缴纳两百美金（不包括任何其他消费，现在不知道涨价没）。我第一次去的时候，困死了！洗完澡在旅馆睡了一下午，醒了之后吃晚饭，他们就在算我这一觉值多少钱，具体多少忘记了，反正一觉千金是肯定有的。

不丹的食物微辣而洁净，也比尼餐更合我的胃口。饭后坐在走廊边发呆。夜色墨蓝又明亮，星子清湛，望得久了，会错觉自己在流泪。喜马拉雅南麓的幽静晚空会让人心生禅定清凉。

做了一个无头无尾的梦，情节凌乱，心情很愉悦，显然不是噩梦。忽然间醒过来，一时不知身在何处。四下漆黑，渐渐才辨认出床边的窗户，窗棂上的小方格似有若无。

肯定是下午睡多了，在床上辗转了一会儿，已经醒得双目炯炯，索性穿衣推开房门，走到走廊上。夜风撩拨，树影间透出的黎明前蓝莹莹的天空，显得格外奇幻。通常失眠是很让人痛苦的事，那一晚的失眠却例外，让我有了一整段幽谧难言的独处时光。

持咒结跏趺坐，思绪渐渐沉淀，如水流速减缓，渐渐水落石出。有万虑不生、尽化虚空的间隙，观想绿度母种子字化为本尊，迎请诸佛，本尊融入身体，无二无别。如是献曼扎，持咒，念回向文……

睁开眼时，看见晓雾弥漫，山色晴岚。空气清甜，呼吸之间令人肺腑通透。不丹安缦是全亚洲我最喜欢的安缦，其次才是东京安缦。中国这么大才有两家安缦，不丹就有五家，安缦对不丹也是情有独钟。

虽然基本没怎么睡，早上七点钟还是跟打了鸡血似的去了虎穴寺。山下是参天古树密林，山上是不丹最神圣的寺庙。虎穴寺建在悬崖边，远看形状像张嘴的老虎（或者狮子）。据说是莲师的空行母——益西措嘉的化身，这里是莲师曾经的闭关修行之地，他的空行母化身猛虎来守护他。

据说，是莲师让外界知道了不丹的存在。和西藏一样，在不丹，莲师同样被尊为“第二佛陀”“古鲁（圣者）仁波切”，连称呼都一样。在宗堡，在民宅，随处可见莲师的圣像。1998 年，虎穴寺曾毁于火，对不丹人而言，这个打击大致相当于西藏人的大昭寺被烧，他们迅速开展了重建工作。2005 年 3 月 24 日，重修后的虎穴寺举行开光仪式，主持者是虎穴寺最早的修建者丹增·拉布杰的转世灵童。这一天被不丹人奉为神圣的一天。

藏传佛教对不丹的影响至为深远——可能在喜马拉雅山麓的国度中都是少见的。这样的纯粹和纯净，是我对它始终念念不忘的原因。我可以在这里毫无干扰和障碍地诵经、拜佛、转山转水转塔。目光所及都是虔诚的佛教徒和僧人，脸上有一种古老的天真和诚挚。这是我此生为之心动神夺的神态。

不同于印度和尼泊尔的多教派混杂，即使是二十一世纪，遍布全国的寺院和随处可见的僧侣们在不丹的社会生活中依然扮演着重要的角色，民众对他们的信赖和尊重依旧。僧团的领导者杰堪布（国师）是不丹的精神导师。我深爱的宗萨钦哲仁波切就曾是不丹的国师。

深浅交叠的绿如波涛般起伏，红白相间的宗堡昂然矗立，低矮的民房闪耀着藏式建筑的传统美感，河谷远处青山叠嶂，云雾缭绕。除了第一天的饱睡，后来的每一分每一秒我都不舍得浪费，因为深知这是我期许已久的美——精致而不刻意，自然却不粗糙。

行走在不丹，你会发现它的美是整体的、和谐的。换言之，传统和现代之间没有明显的对立和撕裂，呈现出凝聚的温和静气之美，甚或还有更符合现代审美的节制和冷淡。很微妙，在不丹，你不会看见其他古国和古城中常见的传统文化和现代文明角斗的伤痕和阴影。

这真让人欣慰。喜马拉雅山麓的国度或城市，要么嘈杂，要么凄凉，要么就是嘈杂和凄凉并存。与这些不甘寂寞、略显粗鲁的邻居相比，不丹像一个家教良好、举止优雅、气质纯良的良家子，风度翩翩，卓尔不群，极易赢得好感。

清淡、节制、不争是不丹独特的气质，也是它令人赞赏神往的奥秘所在。这个避居世外，蜗居在山坳里的弹丸小国，有着温和的世俗之美和不张扬的神性之美。有寺庙、书店，也有酒吧。看得见小僧人们席地而坐，童音清脆地诵经，也看得见他们打闹嬉戏；看得见年轻人穿着国服表演射箭，也看得见他们穿着牛仔裤、T 恤衫，戴着耳机听流行音乐。

不丹极重环境保护，不同于印度和尼泊尔式的嘈杂，不丹没有暴土扬尘的环境，更不见污水肆流的街道和废墟般令人心酸的贫民窟，它的原住民即使是穷人，也是朴素而洁净的，这里严格限制外来人口，基本也只有原住民。

不丹的旧都在普纳卡，廷布是 1955 年才定的新首都。友人惊讶于廷布的小，而我至为迷恋它的小和宁静，即使它实际上就是个小镇也无妨。这才是我理想中的藏族小镇啊！为什么时时处处求大求全呢？像现在的拉萨，我也只是喜欢老城区啊！

斑驳日痕，天空碎片，人影婉约，都是温柔细微的惦念。我不是来猎奇的，甚至不是来观光的。就这样安安静静地待着就好了嘛！如果说西藏是我的原乡，那么不丹就是这原乡里的莲花秘境，深藏着诸佛的微笑和加持。

很多人津津乐道于不丹的神秘和它的国民幸福指数，仿佛它是远方的远方，是真正的香巴拉秘境，可它也有它的难处和局限。

我更认同宗萨钦哲仁波切谈到不丹时说的："不丹是个不重要的国家。它是个夹在中国和印度之间的小国。没有国防力量，没有石油，没有浓缩铀。没有人在意它的存在。当你被遗忘了，你就自然处于一种和平状态。"

因为它不重要，所以不被觊觎。在这个事事追求有用的时代，我庆幸它看起来不重要，就像庄子说的："山木，自寇也；膏火，自煎也。桂可食，故伐之；漆可用，故割之。人皆知有用之用，而莫知无用之用也。"

做一个坚守传统、深谙无用之用的国度，和做一个心有逸趣、深得无用之趣的人一样，需要智慧和雅量。

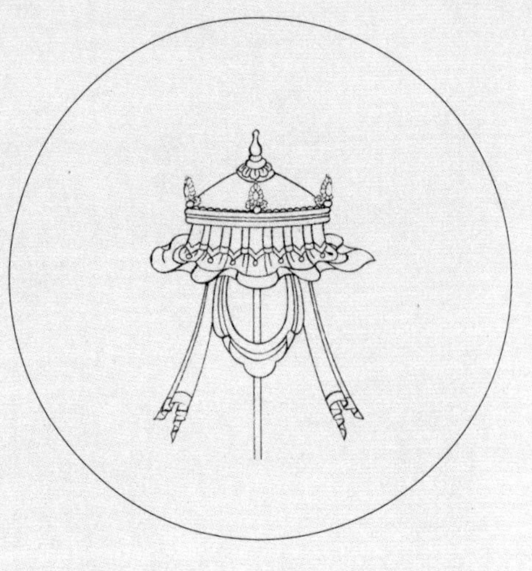

各生慈悲

回头看自己写过的文字，我坦然发现，再也回不到以往的甜腻和花枝招展。一如我现在的样子，褪去了婴儿肥之后，变得轮廓清晰，面容清冷。

愈来愈像一株不开花的植物，亦如岁月，越用越薄。

这些年来，无论是内心还是外表，我都越来越像一个藏族女人。当然不必编满头的小辫，戴廉价的头饰，穿得花红柳绿，像民族歌舞团的演员那样，只是简简单单的藏装。窃喜的是，每次当我穿回藏装，素颜回到拉萨，所有陌生人跟我打招呼说的都是藏语（这真是很让我得意的事，必须拿出来隆重显摆之）。

当然我有学藏语，不过我这种性格，显然不会很刻苦，但努力发音标准，学会使用敬语。每一次回去，都能学会几个新词，连蒙带猜的，可以勉强搞定那些日常的问好和对话。

我曾遗憾自己不是出生在西藏，现在觉得这样也好，如果直接出生在西藏，我可能就不会写作了，写作还是很重要的事和能力。

平生到达过很多地方，居留的时间或长或短，彼此的因缘亦有深有浅。这当中，唯有西藏，令我魂牵不忘。我带着对它的慕恋回来，接受它给我的改变，越发觉得珍惜。

我始终无法用游客的角度去描述西藏，无法做出很多故作惊奇的表述。会时有震动，但无法惊奇。藏地的一切，即使不算熟悉，对我而言也是亲切。

像回到旧宅，回到真正的生养之地。如同水滴回归大海，如同花朵遇到阳光。心意舒展、宁悦、不悲、不喜，会很自然地浮现出诸佛的圣颜，观想出的莲花月轮、种子咒和本尊。这雪域的加持力远胜于别处。

这里是我的坛城，是前世的故乡。我常在观想，雅鲁藏布流经血脉，这巍巍高原，是我归去时的裹尸布。

在很年轻的时候，我就有一种被捆绑和束缚的感觉，有一颗不安于室、蠢蠢欲动的心，策划着离开。我不害怕异乡。现实中此生的故乡对我而言，除却血缘亲情，毫无牵绊，形同异乡。

一路浪游，一路跋涉，是命中尚未消尽的业力带我回到藏地。没有抵达藏地之前，我对于西藏的认知局限于书面，与其说了解，不如说向往。它的过往历史，在我心中融汇成一幅时而清晰、时而模糊的壁画。我以记忆为索引，慢慢摸索前行。

当我到那里之后，没有因由的，我对它升起浓烈而无法抗拒的柔情。我知道，我终于回到了故乡。

看一草一木都可爱，一人一事都可亲。那阳光灼伤肌肤，我却觉得是久别的亲吻；那雨雪沁湿双眸，我却觉得是久违的拥抱。这里有蓝天深处的蓝和白雪深处的白。我爱它的一切，无论是残破还是辉煌，落后还是超拔。我爱它的血骨深至灵魂。

我因它而升起的悲悯之心，是对自己过往无知的忏悔，也是对它的沧桑坚忍的敬重。

我在这里，诵经喝茶，晒太阳，听夜雨。看初雪如梦飘落，覆盖了大昭寺的金顶。

以拉萨为原点，我翻山越岭，邂逅了林芝的三月桃花，走过冈仁波齐的六月风雪。路遇的朝圣者用身体丈量大地，消融尘世间的脚印，清洗积世的罪业；而我只能默默顶礼。

依旧业障缠身。所以拉姆拉错湖水明灭，我看不清传说中的前世今生；青海湖边长风浩荡，我找不到仓央嘉措的踪迹；塔尔寺的酥油花灯会点亮暗夜，可我难许下一个满愿。

拉卜楞寺的雪让人身心清凉。花开为谁？雨落为谁？总有尘心，从事物中获得正见，领受佛心。泅渡轮回之海，山水不在千山外，智慧不在此心外。

这千山之外，步步莲花，步步如来。我步履蹒跚地修行，并不算专注精进，但也慢慢感觉到心性的自由。无形的枷锁在晃动，松脱。在内观禅修的间隙，觉受到喜乐的明光自心底透出，即使它是微弱、断续的，也足感珍贵喜悦。

亦以西藏为原点，环绕喜马拉雅山麓，走过尼泊尔、不丹、印度，在诸佛显现圣迹的地方领受加持。记得最深的是，铺天盖地的艳阳，色彩炫目的转动，做任何事都伴随着喧杂声浪。

在斋浦尔充满殖民地风格的酒店，梦见八月雪。梦见我们在青藏线上住过的小旅馆，梦见你。你在我的怀抱之外，沉默如蛊，却让这人潮浩荡的陌生地方，有了熟悉的情味。

你在梦里，而梦在更远的远方。与你离别的苦果，细品亦有甜蜜的因。娑婆尘世，诸多幻觉，即使尽化虚空，你仍是，我眷爱最深的那一位。

站在那烂陀寺的遗址上，听到一种声音，萧萧索索，分不清是风声还是心声。黄昏隔着山峦欺近，菩提伽耶的正觉塔前，随僧供灯献花，顶礼佛陀的二十五岁等身像，紫色的睡莲，盛开在手中。

如是皈依，如是发心："菩提心妙宝，未生者当生。已生勿退失，辗转益增长。愿不舍觉心，委身菩提行。"

停息在寂静中，以虔诚之心与这世界共振。我喜欢空气里暗哑的香气，喜欢若隐若现的忧伤，喜欢避无可避的痛楚，更喜欢这人生破碎又愈合的过程。

你知道，有太多人，住在城市里，却比住在沙漠还要孤独，深锁着自己的秘密，习惯了，就仿佛从来都没有秘密。

你知道，大多数人的问题不是活得太认真了，而是活得太随意模糊了。习惯掩饰，羞于自视。不敢找寻属于自己的那颗心。不管这颗心是泥，是木，是石，还是铁，都不敢用心用力下刀雕琢。

就这样随波逐流，得过且过。既不敢探求真相，也不敢揭盅认输，再起一局。

"休道欢愉处，流光逐暮霞。"这贫薄肉身，贪爱过多，难以清除。迎来的，往往是一场场成熟的悲伤和一串串不成熟的誓言。光阴如此迅疾，白头遥遥无期。在叹息和彷徨中，一生也就将就着过去了。

迎着轮回的锋刃，学会将悲苦、愤怒、不甘、不悦、不舍咽回内心，学习善待自己的难过、烦恼。相信它们本质光明无垢，始终与喜乐同在。

逐渐明白，并且清晰。所有爱过的人最后都会和我们融为一体。所有的旅程都是面对真实的旅程，即使这所谓真实也是虚假幻象。

不要紧的，愚者凡夫如我等，何妨借假修真，梦中寻梦？

我们要奔赴抵达的远方——所有可能的远方，都指向心性的回归和觉悟。我是真的，慢慢找回乡关，做回自己。有了佛法的指引，找到同修的人，回到灵魂的故乡。于是深信，于是坚定，可以往更好更远的路上走。

今年回到安徽陪爸妈过年，欣逢晴好，冬日阳光淡暖。恰值年关，车飞驰在高速上，感觉很是辽阔深远。隔着车窗望去，远处青山曲线玲珑，明明正是江南好风景，我却仍觉得是在西藏。在车上念经持咒，忽然顿悟——坛城广大无边际，此地亦是我生命的一部分，我不该抗拒。

于是释然，于是放下。天地之大，轮回无尽。乡关何处？何处又不是乡关？

说句鸡汤话，比起明天，所有的昨天都显得贫薄；比起当下，所有的明天都还为时尚早。这些关于西藏的文字，写下来是纪念，也是无用，但终归是一个愿心，是一种缘起。

辗转至此，轮回至此，愿我们两两相望，各生慈悲心肠。

贪嗔爱慢，谄曲嫉妒，对境不生。彼我恩爱，一切寂灭。

[全书完]

以书相连

安意如

作家，以细腻深入的古典诗词赏析独树一帜。

个人标签：文字修行、避世之心、无常远游、隐居自在、诗茶相契、西藏云南。

作品

《人生若只如初见》

《当时只道是寻常》

《思无邪》

《观音》

《陌上花开》

《美人何处》

《世有桃花》

《日月》

《聊将锦瑟记流年》

千山之外

产品经理 | 来佳音　　特约印制 | 刘　淼
技术编辑 | 陈　杰　　策 划 人 | 于　桐

图书在版编目（CIP）数据

千山之外 / 安意如著. -- 杭州 : 浙江文艺出版社, 2018.6(2018.9重印)

ISBN 978-7-5339-4949-5

Ⅰ.①千… Ⅱ.①安… Ⅲ.①随笔—作品集—中国—当代 Ⅳ.①I267.1

中国版本图书馆CIP数据核字(2017)第180030号

千山之外
安意如 著

责任编辑 金荣良
装帧设计 所以设计馆

出版发行 浙江文艺出版社
地　　址 杭州市体育场路347号　　邮编 310006
网　　址 www.zjwycbs.cn
经　　销 浙江省新华书店集团有限公司
　　　　 果麦文化传媒股份有限公司
印　　刷 北京旭丰源印刷技术有限公司
开　　本 880毫米×1230毫米　1/32
字　　数 120千字
印　　张 7.25
印　　数 40,001-45,000
版　　次 2018年6月第1版　2018年9月第3次印刷
书　　号 ISBN 978-7-5339-4949-5
定　　价 49.00元